# またうど

村木嵐
*Ran Muraki*

幻冬舎

# またうど

# 人物相関図

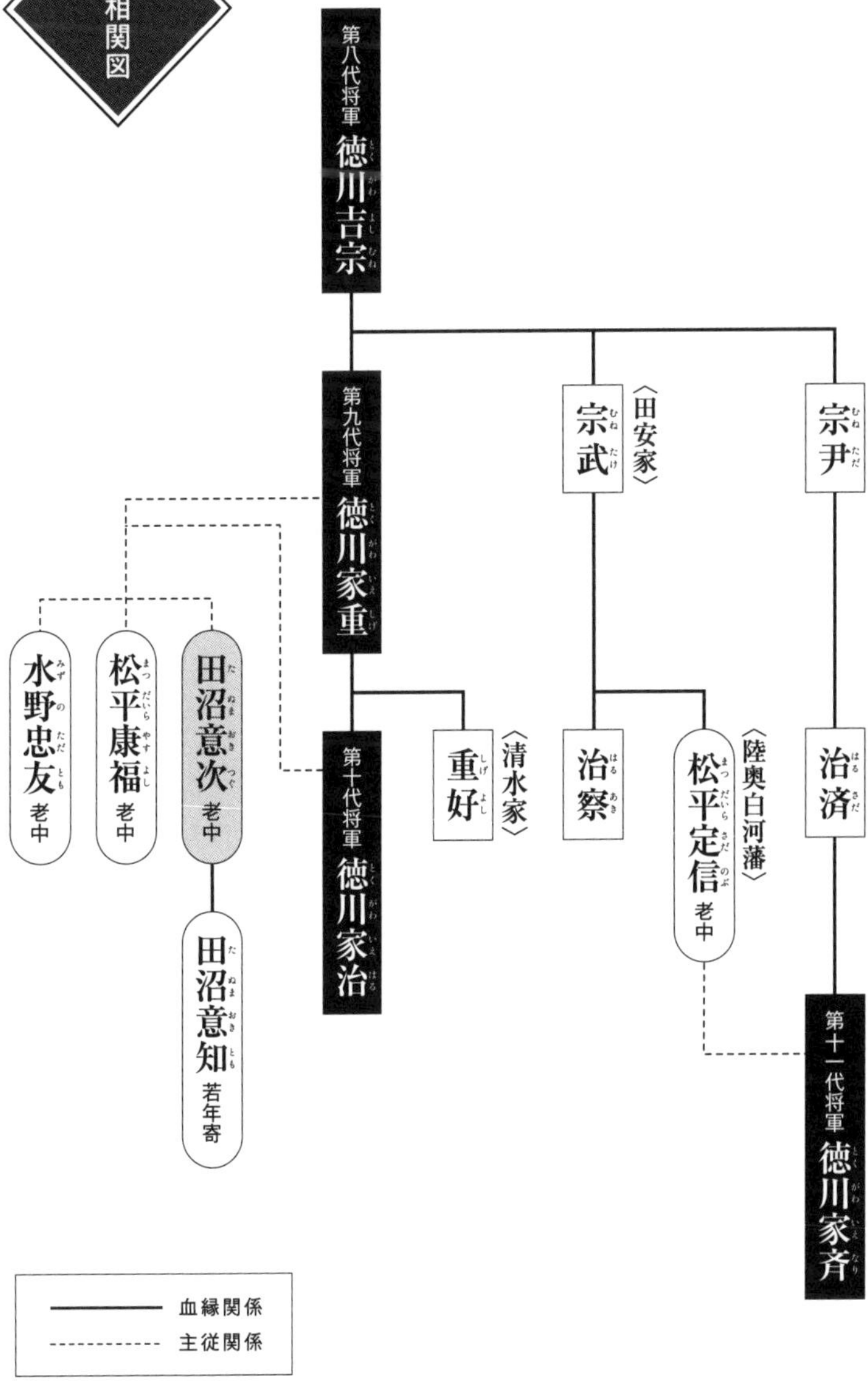

第八代将軍 徳川吉宗《とくがわよしむね》
第九代将軍 徳川家重《とくがわいえしげ》
宗武《むねたけ》〈田安家〉
宗尹《むねただ》〈一橋家〉
水野忠友《みずのただとも》 老中
松平康福《まつだいらやすよし》 老中
田沼意次《たぬまおきつぐ》 老中
田沼意知《たぬまおきとも》 若年寄
第十代将軍 徳川家治《とくがわいえはる》
重好《しげよし》〈清水家〉
治察《はるあき》
松平定信《まつだいらさだのぶ》 老中〈陸奥白河藩〉
治済《はるさだ》
第十一代将軍 徳川家斉《とくがわいえなり》
血縁関係
主従関係

# 第一章

## 一

宝暦十二年（一七六二）十月の終わり、御天守番を務める三十三歳になる松本十郎兵衛《まつもとじゅうろべえ》は、時折吹き抜ける寒風に震えつつ本丸大奥を見上げていた。

御天守番とはその名の通り、江戸城の天守台番所の守衛という御役である。肝心の天守台はとうの昔に焼け落ちて今や石積みが残るだけだが、それでも火の見櫓ほどの高さはある。御天守番は順繰りでその上に登り、夜通しの見張りを務めることになっていた。

その夜、大奥は一晩中あちこちに明かりが灯り、御城の隅の吹きさらしにまで忙しない気配が伝わっていた。十代将軍家治《いえはる》の側室がいよいよ出産だというので、中奥でも吹上御殿でも誰一人眠っていないなかったのだ。

「ふうん、ここはさすがに少しは静かなようだな」

石積みに立てかけている梯子段から、ふいに男が顔を出した。

男はそのまま石積みの上を歩いて来ると、十郎兵衛の傍らに腰を下ろした。

「お前、何者だ」

十郎兵衛は槍を摑んで立ち上がった。

四十半ばといったところだろうか。小ざっぱりとした上等の衣を着て、髷も丁寧に油で整えられている。すっと鼻に抜けるような香が漂って、十郎兵衛はいっきに目が覚めた。

すると梯子段からまた一人、別の男が顔を出した。こちらは少し若く、十郎兵衛と同じ年頃だろうか。

十郎兵衛は槍を構えて、ごくりと唾を呑んだ。

「まあ、待て」

初めに現れたほうの男が悠然と座ったまま、後から来た男を指さした。

「そちらの御方は上様御側衆、小姓組番頭の水野《みずの》忠友《ただとも》様じゃ」

「お、御側衆だと」

十郎兵衛は腰を抜かしかけた。大慌てで槍を置き、その場に丸くなった。

「こっ、これは御無礼を致しました。それがしは当夜、御天守番を務めます松本十郎兵衛にございます」

御側衆の男は呆れたように息を吐き、そばに腰を下ろした。

「我らが勝手に上がって来たまでじゃ。気遣いは無用にせよ。それより、こちら様は」

だが初めの男は軽く手のひらを立ててそれを遮った。

「呉服橋じゃ」

「は？」

「私は呉服橋と申す」

十郎兵衛は闇に慣れた目で男を見返した。

張り出した額に、目つきも鋭い。御側衆のほうはどこか物腰も柔らかく、穏やかな笑みを浮かべているが、こちらの男は棘がありそうだ。

どうも近ごろ江戸では黄表紙が流行り、洒落や滑稽を好む士が増えている。暮らしにゆとりのある高禄の旗本は、ふだんそんな号を用いて楽しんでいるとも聞いていた。

「今宵は我らも落ち着かぬことでな。下においてもなかなか刻《とき》が経たぬゆえ、上がってまいった」

仄暗い月明かりの下で、呉服橋は苦笑いを浮かべていた。

十代家治は二十六歳だが、正室とのあいだには姫が一人あるだけだ。昨年薨去《こうきょ》した九代家重《いえしげ》も最後まで家治の世継ぎ誕生を待ちわびていたが、それは御側の家臣たちも同じだろう。

「それにしてもここは風が強いな」

呉服橋はひょいと立ち上がり、突風に額を叩かせるとすぐ座った。

「さすがに浅草の辺りも寝静まっておるか。午の五月蠅《うるさ》さが嘘のようじゃ」

御濠の向こうの浅草は、夜半まで何かと人通りの多い札差たちの暮らす町だ。

「前の冬には夜通し、今夜の御城のような気配でございましたよ」

昨年の師走、大坂の商人たちは幕府に御用金を命じられたという。だからそれを聞きつけた札差たちが、次はこちらかと夜っぴて集まっていたのだ。

「ほう。そのほうは浅草蔵前がどのような町か知っておるか」

呉服橋は目敏く十郎兵衛の顔つきを読んで、そう問うてきた。

「どうじゃ、高い所で頭を冷やしておれば、そのぶん見えることも多かろう。申しようによっては御側衆殿に取り立てを頼んでやるぞ。十郎兵衛は先の冬の騒ぎを存じておるのだな」

「存じておるも何も、米の値が下がって真っ先に干上がったのは、我ら貧乏御家人でございます」

士は給米を金に換えて諸色《しょしき》を購《あがな》う暮らしなので、米の値が下がることほど辛いことはない。

昨冬、幕府は米の値を上げるために市中から米を買い上げようとした。それで大商人に御用金を命じたのだが、猛反発を浴びてすぐ中止になった。

「まことにな。商人どもが空米取引などをするゆえ米の値が下がる。そのほうらが豊かに暮らすには商人どもをなんとかせねばならぬのう」

空米とはまだ稔ってもおらぬ米、ありもせぬ米をいう。それを商人たちが切手という書付にして取引をするので、流通する米は見かけだけは増えて値が下がる。

「米が下がれば、給米取りは困ります。ですが米の値が上がれば、今度は浪人たちが途端に食えぬようになりますゆえ」

十郎兵衛の周囲にはそんな浪人者が多い。

「おおかたの町人もそうじゃの」

「せっかく御上が買米をしてくださいましたのに」

「おう。十郎兵衛は物の値の仕組みがなかなか分かっておるではないか」

呉服橋に言われて、十郎兵衛は微笑んだ。性分とでもいうのか、十郎兵衛はこうして不寝番のときなど、商いの成り立ちばかり考えている。

「どうじゃ、そのほうは今この場では貧乏御家人の代表格じゃ。商人どもの得意の鼻をへし折ってやる工夫など、何か御側衆殿にお聞かせせぬか」

十郎兵衛は滅相もないと手をついた。

「そう小さくなるな。洒落者の呉服橋がそなたに下問じゃ。何か一つ、我らが思いもつかぬような名案を申してみよ」

「はあ……」

「我らに退屈しのぎをさせれば褒美をとらせるぞ」

退屈なのは十郎兵衛こそ、不寝番のたびに毎度のことだ。

「されば、それぞれの役所に配っておられます紙、筆、硯《すずり》の類い。現物ではなく、そのぶんの金子を与えて各々で買わせるようにしては如何《いかが》でございます」

御側衆が、ぷっと噴いた。将軍の側衆などには何のことかも分からぬ、あまりに小さな倹約だろう。

「なるほど、我らでは思いもつかぬ些細な工夫じゃ。しかし役所すべてを寄せれば、大きな費えになるかもしれん」

呉服橋という男は、とりあえずは取り合ってくれた。

ついに十郎兵衛は口が軽くなった。

「余った金子で役所ごとに入り用の物を買うもよし。ときに饅頭《まんじゅう》を食えば心も和み、我ら下々の者も優しゅうしてもらえます。なにより饅頭屋が潤いましょう」

ふむふむと呉服橋はうなずいた。

「どうだ、私と賭けをせんか」

「賭けと仰せになりますと」

「当たればそのほう、勘定方に取り立ててやろう」

十郎兵衛は思わず目を見開いた。八代吉宗《よしむね》が幕政を立て直す改革に手を付けてから、勘定方は諸役の中でも花形の役所だといわれていた。

そして十郎兵衛にとっては何より憧れの御役でもあった。若い時分から商いに関心があり、算勘が好きなのだが、そもそも物の値が動く仕組みそのものが面白くてならない。

「承知いたしました。して、何を当てれば宜しゅうございますか」

「上様の御子じゃ。男か、女か。どちらが生まれると思う」

「ああ、ならば男にございます」

十郎兵衛は膝を打って即答した。

「ほう。そのほう、もう少し利口かと思うたがな。女と申しておけば、外れればお世継ぎ誕生ではないか。我らも機嫌が良うなって、外れても取り立ててやるかもしれんぞ。第一、大概は女が生まれるものじゃ」

横で御側衆もむっつりとうなずいていた。武家は出産のたびに、男が生まれるかどうかで狂乱する。

「いくら退屈しのぎとは申せ、この呉服橋は人を謀《たばか》りはせぬぞ。なにより私は一度見た者の顔は忘れぬのでな」

十郎兵衛は気兼ねせずに微笑んだ。

この男はいやに押し出しがいい。だが明日になっても天守台に登ったことを覚えているかどうか、百俵取りの十郎兵衛が真剣に頼みにすることでもない。

「己の運を開くならば男で、と思うたまででございます。呉服橋様にはお暇つぶしでも、真にお世継ぎ様誕生となれば、それがしも今宵を思い出して生涯うまい酒が呑めることと存じます」

今夜のような不寝番は、十郎兵衛の一生に二度とはあるはずもない。真横の大奥では今しも将軍の子が生まれようとしており、己の傍らには将軍御側衆がいる。御天守番など、夜ごと日ごと天守に座り、じっと口を閉じているだけの御役が生涯続くのだ。

「そのほう、良い目論見をしておるの。たとえ女でも、こうして天守台で話して御誕生を待ったとなれば、互いに酒の肴《さかな》にはなることだ。松本十郎兵衛よ、そのほうはなかなか話し応えがある。おかげで我らも愉しい夜になった。名を覚えておこう」

「はあ、それは忝《かたじけの》うございます」

呉服橋たちは立ち上がった。東の空が白みはじめ、夜明けが近づいていた。

「十郎兵衛も今日は明けまでか」

「はい」

「眠かろうがの、今日はぐるりと御三卿のお屋敷の外を回ってな、御城を東方から眺めて帰れ。そうすれば、きっとそのほうの運は開けるぞ」

男はそう言いながら立ち上がって、天守から御城の北、東と順に指をさした。

大奥の向こうに、大名小路と呼ばれる諸侯の屋敷の屋根が連なっている。たちまち白々と日が昇り、甍《いらか》が眩しく朝日を弾き始めた。

「ああ、見事な眺めでございます。仰せのままに、今朝はあちら側から御城を拝ませていただいて帰ることにいたします。どうか今日、ご無事にお生まれあそばしますように」

「そうじゃの。邪魔をしたな」

男たちは後はあっさり梯子段を下りて行った。十郎兵衛は夢でも見ていたような気がした。

それでも御役が明けたときには、言われた通りに御城を北から東回りで帰ることにした。

北側には田安《たやす》御門、清水《しみず》御門、一橋《ひとつばし》御門と、それぞれの御門に橋が架かり、御三卿の屋敷が御城も隠すほどの高い壁を聳《そび》やかしている。

一橋御門を通り過ぎ、そのまま外濠に沿って歩いて行った。

屋敷の切れ目に来ると、次に架かっているのは神田橋だ。この辺りの濠の向こうが大名小路で、老中たち幕府の重臣や、将軍家の信篤い諸侯の屋敷が立ち並んでいる。

常盤橋の前を通り、一石橋を渡った。この一本向こうが名高い日本橋で、蔵屋敷の厚い壁が続き、辺りはようやく町人町になる。

それからすぐに呉服町に入った。ここは呉服屋が軒を連ねるのでその名で呼ばれ、橋までが呉服橋という。

「呉服橋……」

十郎兵衛は首をかしげつつ呟いた。橋の名を号にするとは、ずいぶん酔狂な士だと改めて思った。

すぐ近くには金座の後藤家の屋敷もあった。このところは貨幣の鋳造がなく、いっときのような勢いは消えたが、工人たちはもう忙しなく出入りしている。

「すまんが、尋ねたいことがある」

十郎兵衛はそのうちの一人に声をかけた。

後藤の胸当てを付けた工人が足を止め、軽く頭を下げた。

「呉服橋というのは……」

工人はきょとんとして橋のほうへ目をやった。まさか目の前の、しっかり名を刻んだ橋のことを聞かれているとは思わぬのだろう。

「ああ、呉服橋様のお屋敷ですか。なら、こちらからはお行きになれませんよ」

「呉服橋様？」

工人は少し困ったような顔つきだ。大名小路に架かる橋は渡るときに誰何《すいか》される決まりである。

「ええ。ですから田沼主殿頭《たぬまとのものかみ》様のお屋敷は、御門内でございます」

申し訳なさそうに指をさした。濠の向こう岸に、角から角まで続く海鼠壁《なまこかべ》がある。

十郎兵衛は息を呑んだ。

「呉服橋とは、田沼様か」

「え？　左様にございますが」

工人は肩をすくめると、関わり合いは御免とばかりに店のほうへ駆けて行った。

十郎兵衛はぼんやりと濠の向こうを見上げた。先代家重の小姓を振り出しに大名にまでなり、今や家治の最側近としてその御用取次を務めるのが田沼意次《おきつぐ》である。

一昨年、家重が将軍を退隠し、二ノ丸に移ったときはその御殿の普請を任されたという。昨年、家重が亡くなったときには家治の名代として、その葬儀すべてを取り仕切った。

家重がずっと自らの右腕にしていたといい、家治もまた重用している。

「これは……、生まれるのは男だな」

海鼠壁を見つめて十郎兵衛はつぶやいた。己の運がここから開けていくことは、もう疑うまでもないと思った。

＊

宝暦十二年（一七六二）十月二十五日、将軍家治に待望の男子が生まれた。御城が竹千代《たけちよ》君誕生に沸き返るなか、意次は家士の井上伊織《いのうえいおり》を伴って呉服橋の屋敷へ戻って来た。伊織は意次の五つ年下で、元は田沼家で中間奉公をしていた百姓だった。

「当分は御城も騒がしゅうございましょうな」

伊織がちらりと御城を振り返って微笑んだ。

「これで五十宮《いそのみや》様も一安心だろう。上様も肩の荷が下りられたな」

「殿はうがった見方をなさるものじゃ。今はきっと誰もそこまでは考えてもおりませぬぞ」

五十宮とは京から八年前に降嫁した家治の正室で、夫婦仲はこの上もなく良かった。だが姫しか生まれず、さすがに世継ぎを案じる声が大きくなって家治は側室を持ったのだ。

そしてこのたび男児を授かった。あの家治のことだ、もう側室のもとへは通わぬだろうと意次は思っていた。

「もう御一方、男が生まれればよいのだがなあ」

「ですが五十宮様におできになっては竹千代君のお立場も揺れましょう。お一人で十分ではございませんか」

「そうかもしれぬ。ならば手放しで喜ぶか」

「はい、それが宜しゅうございます」

二人で笑い合って屋敷の門を潜った。

この屋敷は四年前、意次が郡上《ぐじょう》一揆を老中格として解決したとき、大名に取り立てられるとともに拝領した。その折、意次は遠州相良の領国も賜っている。

もともと意次は父意行《おきゆき》が紀州藩の足軽で、藩主吉宗が八代将軍を襲職したとき幕臣に取り立てられた。

意行は紀州では吉宗の奥小姓をしていたが、江戸へ来て御小納戸頭取六百石となり、その後すぐみまかった。そのとき意次は跡を継ぎ、九代家重の小姓になった。

家重というのは身体に麻痺があり、言語不明瞭で文字を書くこともできなかった。ただ御側の大岡忠光《おおおかただみつ》がその言葉を解したので、周りの者はずっと家重が口をきけぬということを忘れて務めてきた。

そのおかげで意次は家重に用いられ、小姓組番頭から御用取次、一万石の大名となった。さらに今年は家重の葬儀を滞りなく済ませたというので、家治から五千石の加増も受けている。蔵米三百俵取りの小姓だった十六歳のときからの三十年弱を、意次は家重の下で駆け抜けた。

「ああ、お戻りなさいましたか。意次様、失礼して上がらせていただいておりました」

玄関で出迎えたのは妻ではなく、先達《せんだつ》て御城で別れたばかりの忠友だった。

思わず意次は伊織ともども苦笑した。

「島津《しまづ》の話ならば、そう急くこともない。あれはもう上様のお許しも出た」

意次は式台を上りながら軽く応えた。

薩摩七十二万石余の主、島津重豪《しげひで》が婚礼資金として一万両の拝借金を願い出ているのである。

意次は下城のとき家治に拝謁し、その話をしてきた。

幕府は幸い家重が財政を建て直したので、そのくらいの金子ならば大手を振って貸すことができた。大名貸しでは年に一割の利息を要すところ、将軍家の御覚え目出度《めでた》い諸侯は無利子で年賦返済だ。

「さすがはお早い。ですが島津はそれで宜しゅうございますが、またぞろ伊達《だて》が張り合う気配です。それがしの許にまで付け届けがございましたゆえ、あわてて屋敷を出て参った次第」

忠友はそれから逃げて来たらしい。

「ほう、忠友も偉うなったものじゃ。有難いではないか、貰うておけ」

「おふざけになられては困ります。それがし、そのような物で御役御免になるなど真っ平でございます」

「その心さえ持っておれば案ずることはない。付け届けはの、それで手心を加えた刹那に賄《まいない》に化ける代物よ。己がそのようなことをせぬ限り、水を飲むのと何も変わらぬ。己が渇しておらぬならば、ただの水じゃ、水」

忠友は言い返せずにむうっと口を閉じてしまった。意次ほど口の達者な者もおらぬから、大概は皆こうして黙ってしまう。

だが意次は、幼い頃から見馴れた忠友のふくれっ面が好きだった。忠友は意次が家重の小姓をしていたとき家治の小姓になったので、ずっと並んで昇進を続けてきた。

「だいたいなあ、島津公の婚礼相手は一橋卿の姫ではないか。宗尹《むねただ》様の御内意もある。そうとなれば伊達も、手も足も出まい」

一橋宗尹は家重の下の弟だから、家治にとっては叔父にあたる。その姫が嫁ぐというのだから、島津はなにかと気も張るのだ。

意次は手早く着流しに替えると座敷に腰を下ろした。

「ですが一橋家には意誠《おきのぶ》殿もおわしましょう。意次様が身びいきを疑われなさいますぞ」

意誠というのは意次の弟だ。宗尹の小姓から側用人となり、今は一橋家の家老をしている。

「意次様がそのようなことになれば、それがしとて要らぬ腹が立つことでございます」

「おう、よう分かっておるではないか。要らぬ腹じゃ。要らぬ、要らぬ」

だが忠友は思案顔で意次のそばに腰を下ろした。

「伊達公が田安卿に内願書など出さぬでしょうな。御三卿を経て願い出るとなれば無下にはできませぬぞ」

「そうじゃの。そのときは拝借金、出さねばならぬの」

意次は脇息《きょうそく》にもたれこんだ。

田安卿は家治のもう一人の叔父、宗武《むねたけ》の家だ。仙台の伊達家は何かと家格の並ぶ島津家に張り合っているが、島津が一橋卿と縁戚になるのに向こうを張って、田安卿と結びつこうとしている。

しかも田安家は今、屋形が火事で焼けたので、宗武をはじめ皆が本丸で暮らしている。

もともと宗武は吉宗の跡を継ごうとして家重の廃嫡を図ったといわれ、実際に家重が将軍に就いた後、六年も登城を差し止められている。

当時、意次は家重の小姓をしていたので多少のことは知っているが、ずっと知らぬふりをしてきた。だが宗武のほうでそのことを分かっているので、意次は何かとやりにくい。家治の信任を笠に着て、たかが臣下の分際で御三卿に指図していると言われかねぬのだ。

「まあ、私ごときが気を揉むことでもなかろう」

「何を仰せられます。意次様のお一言で御老中方が皆、考えを変えられることは誰もが存じておるのですぞ。となれば、矢面《やおもて》に立たされるのは意次様でございます」

「まあ、そうなってから考える」

そのとき障子が静かに開いて妻が姿を見せた。

「お戻りなさいませ、殿」

いかにも頃合いを見計らったという顔つきに、意次はまた苦笑が浮かんだ。

「なんだ、そなたも厄介ごとか」

「いえいえ、そのようなことは」

婉然と微笑んでそばに腰を下ろした。

妻は綾音《あやね》といって、意次がまだ若かった時分に、茶屋で働いていたところを見初めて側室にした。

意次には正室は亡く、十四になる嫡男の意知《おきとも》を挙げた継室もすでに旅立っていた。もう一人の側室には大勢の子がいるが、綾音の子は幼くして死んだから、綾音を内にも外にも妻と遇しているのが結局は釣り合いが取れている。

なにより意次は綾音に対してはどこか同志のような愛情があった。打てば響くというように聡明で、もちろん外見も美しい。己にとって綾音だけは代わりがきかぬと、実は心底思っている。

「わたくしではありませんの。千賀《せんが》の兄でございます」

「道隆《どうりゆう》か」

意次は今度こそ脇息に身を投げた。となれば、これも聞かねばならないだろう。

綾音と出会ったとき、意次は少禄とはいえ家重の小姓をしていた。家柄もはっきりせぬ女を妻にするわけにはいかず、奥医師を務めていた千賀道隆の父に仮親を頼んだのだ。

「どうせ秋田藩のことだろう」

道隆は秋田藩主、佐竹《さたけ》氏の御医師も務めている。

「秋田公も、なにゆえ他の御老中方に頼んでくださらぬのでしょう」

伊織がため息を吐くと、忠友も険しい顔をした。

「どなたも結局は意次様に相談なさるゆえ、同じことなのだがな」

実際のところ、意次はまだ老中ではない。だが家重の下で郡上一揆を吟味してから評定所出仕を許されており、今では幕閣の中でも一目置かれている。

つくづく、今の意次があるのは家重が見出してくれたおかげだ。まだ大名ですらなかった意次を老中たちの評定に加え、さらにその一件に老中が噛んでいるとなると、意次を老中格にして幕閣も裁けるようにした。しかも家重は将軍の裁許を与えることで、最後まで意次を支えてくれた。

「それで、道隆は何を申してきた」

「鉱山の費えに一万両、拝借させていただきたいそうでございます」

「だろうな。承知した、御老中方に申し上げておく」

秋田には日の本の交易を支える銀山、銅山がある。

だが忠友が腕組みをした。

「秋田は、騒動からまだ日が浅うございますぞ。拝借金が無駄になるのではございますまいか」

秋田藩では五年前に、藩の出した銀札を発端に家中が分かれる御家騒動まがいが起こった。その火種が未だにくすぶり続けているから、拝借金をそのまま鉱山に活かせるかどうか分からない。

「秋田の拝借金が意次様の意向次第となれば、鉱山が不首尾に終われば、意次様の御名に疵《きず》がつきかねませぬ」

「それならばどうということもない。御老中方は人格者ばかりじゃ、私のせいにはなさるまい」

意次は軽く手のひらを振った。それは本心だった。老中にはとんだ曲者だった酒井《さかい》忠寄《ただより》もいるが、家治が将軍に就いてからは、意次には真っ先に同意してくれる心強い味方になった。あとはこれで意次が調子に乗るようなことさえなければ、意次は己の才覚のままに幕政を差配していける。

「どのみち秋田の鉱山には遅かれ早かれ、幕府が力を貸さねばならぬ。藩も直山《じきやま》にしておることゆえ、ともかくはやらせてみることだな」

なにせ交易で日の本の元手となるのは銀と銅しかない。銀を異国へ渡したくなければ銅の産出を上げるしかないが、秋田にはその銀山と、日の本一の銅山がある。

意次はふいに欠伸《あくび》が出た。

「では、それがしはこれにて」

忠友が察しよく立ち上がったが、思い出したらしく足を止めた。

「そういえば勘定吟味役の川井《かわい》久敬《ひさたか》が、意次様の眼力に感服しておりましたぞ。一体いつ、どこであのような者を見つけて来られるのかと」

「天守番の松本十郎兵衛か」

意次はにやりとした。あの後すぐ、意次は十郎兵衛を勘定方に取り立てている。

「どうだ、機嫌良く勤めておるか」

「あれは化けるかもしれぬと申しておりました」

「ほう。川井にそう言わせるとは、十郎兵衛も大したものじゃ」

忠友は呆れてため息を吐いた。

「全く意次様には勘定奉行も敵わぬでしょうな。では、御免」

伊織が門まで見送りに立った。

二

家治が二十八の年、宝暦の世が終わり、新しく明和が始まった。つつがなく三歳になった嫡男竹千代は正室の五十宮のもとで育てさせ、夫婦仲もこれ以上はないというほど睦まじかった。

本来どうでもいいことだが、家治はとにかく見場が良かった。聡明な上に性質も温和で、それがそのまま周囲に伝わる顔をしている。大奥の女たちが騒ぐのも無理はなかったが、当の家治は将棋ぐらいにしか執着がない。夫婦揃って贅沢を好むわけでもなく、御庭を巡っては草木や鳥の姿に喜ぶ暮らしをしていた。

「爺が、銅山については意次の考え通りにするが賢明じゃと言うのでな。余も異論はないが、あまりに爺の変わり身が早いゆえ、首をかしげている」

家治が可笑しさを堪えられぬというように、下段の幕閣たちを見回した。家治が爺と呼ぶのは意次より六つ年嵩の老中首座、松平武元《まつだいらたけちか》である。

「上様、それがしを耄碌《もうろく》爺のように仰せられては困りますぞ。意次の言葉が尤《もっと》も至極と得心いたしましたがゆえ、それがしは申したのでございます」

「ああ、分かっておる、分かっておる」

ついに家治はくすりと笑った。

武元というのは頭が極上に冴える一面、人柄がとにかく頓狂で親しみやすく、誰からも慕われていた。

その武元がもったいぶった咳払いをした。

「では、意次。秋田の阿仁銅山は、幕府上知でおおかた決まりかけておったところ、そのほうが否じゃと申した。ゆえに我らも覆してもよいと思うに至ったが」

武元は威厳をこめて促した。だが家治も他の老中たちも、笑いを噛み殺している。

秋田藩は一昨年、将軍家から一万両の拝借金をした。だがいっこうに肝心の銅が増えぬので、銅山を将軍家に返上させ、代わりにどこかの土地をやるという上知で評定が決まりかけていた。

「されば、日の本一の銅を産しております秋田の銅山の一件……」

意次は丁寧に手をついた。

「秋田では鉱山の他には、見合うほどの産物はございませぬ。いくら代わりに物成りの良い田畠を貰ったところで、藩にはこれまでつぎ込んできた金子と歳月がございます」

ふむふむと、真っ先に武元がうなずいてみせた。それだけで常は厳めしい重臣たちが揃って穏やかな笑みを浮かべる。

「つまり秋田には、銅山から取り返さねばならぬ金子がございます。今年こそ、来年こそと辛抱しておったところに上知とは、どうにも不憫でなりませぬ。産銅が上がらぬことは、誰より秋田の者らが口惜しゅう思うておりましょう」

「それは分からぬではないがな。幕府が差配するよりも効があるか」

家治が問うてきた。

「左様にございます。餅は餅屋なぞと申しますが、鉱山のことは鉱山に携わった者でなければ分かりませぬ。たとえ幕府が差配するとなっても、実際には秋田の者を使うことになる。しかも上知するとなれば、幕府は新たに山番所を設け、代官を遣わさねばなりませぬ。日数も金子もそれだけ余計にかかります」

　皆が一様にうなずく。

「幕吏と秋田藩士の無益な諍いも起こるかもしれませぬ」

「ああ、そうじゃの。木曽三川の御手伝普請がそうであった」

　武元がしみじみとつぶやいた。薩摩藩が美濃で川普請をした十年前、武元はすでに老中だった。

「幕府が上知したとて、銅が増すとは限らぬということか」

　家治の声には自然と場を仕切る威厳があった。

「此度《こたび》、上知が取り沙汰されたというだけで、秋田はさぞかし肝が冷えましたろう」

「そうじゃの、では秋田もいよいよ励むであろうな」

　武元の弾んだ声に意次も笑ってうなずいた。

「左様存じます。今しばし任せると申して御慈悲を垂れてやれば、幕府は得ばかりでございます」

　家治が満面の笑みを浮かべた。

「聞けばつくづく意次の申す通りじゃ。阿仁銅山の上知、取り止めじゃ」

「忝うございます」

　意次は深々と頭を下げた。

「余は、爺もさては焼きが回ったかと思うておったが」

「上様。やはりそれがしを耄碌したとお思いでございましたか」

武元がむうっと腕組みをし、評定は和やかになった。

下城の折、本丸を出て表玄関門へ差し掛かったとき、忠友が西之丸老中の松平康福《やすよし》と連れ立ってそっと肩を寄せてきた。

康福は一昨年、大坂城代から江戸へ戻って来た譜代の岡崎藩主である。意次と同年で、かつて家重のときに十年ほど奏者番をしていた。

だから意次にとっては古い付き合いで、忠友よりも気心の知れたところがある。大坂から戻って来たときは思わず肩を叩き合って再会を喜んだものだった。

「阿仁銅山の一件は宜しゅうござった。やはり幕府の上知では、しばらくは産量も伸びるはずがない」

康福は阿仁銅山の件ははじめから意次と同じ考えだった。

「ですが、例の、綾音殿の父君の筋から頼まれなさったのでございましょう」

忠友はこうしていつも意次の評判を案じてくれている。

「その通りだ。私は綾音には頭が上がらぬのでな」

すぐに忠友はふくれっ面になる。

「それがいかんと申しておるのでございます。秋田藩に格別の便宜を図ったなどと陰口をきかれては、どうなさいます」

「まあ忠友殿はまだお若いゆえ、無闇にお案じになるのであろう」

康福が間に入った。

「とは申せ、秋田藩からどのような品が来ておるか、それだけは確かめておかれるのが肝要と存じますぞ。意次殿の知らぬ間に、銀で拵《こしら》えた牛の置物でも来ておっては事じゃ」

「そのような品が来ておれば奥が騒ぐであろう。まあ綾音も物には執着がないゆえ、包みを開けてもおらぬだろうが」

幼い時分から意次は、何か物が欲しいと思ったことがない。綾音もそうだったから意次は気に入ったのだが、女であるぶん、衣や化粧には多少金子がかかる。だがそんなものは意次が己で何とでもできる。

「賄か。欲しい物があれば己で購うほうが気楽じゃ」

たかが物ごときで御役を取り上げられてはたまらない。御役を懸命に果たして世を前へ進める、それ以上の楽しみがあるはずもない。一体、人はなぜ頼みごとをするのに物をいちいち持って来るのか。

「ですが意次殿はこうもお忙しく過ごしておられ、広い屋敷に付け届けを置いて帰られれば、知らぬ間に何を受け取ったことにされるかも分かりませぬぞ。さすれば賄と言われかねず……」

「私が見ておらぬならば賄ではなかろう。この意次が銀の子牛などに目がくらんで政《まつりごと》を私《わたくし》するか」

「まあしかし、世の者はそうとばかりは取りませぬぞ。忠友殿の仰せ、それがしも尤もじゃと思いますがな」

康福は人懐こい、それこそ子牛のような心が温もる丸い目をしている。つい意次も少しは真剣に考えようという気になる。

「二人が案じてくれるのは有難い。だが何にせよ、他人に物を届けるとなれば購わねばならぬ。そうなれば金子が流れ、工人どもも潤うではないか。新しい工夫も生まれ、競い合う因《もと》になる。付け届けになるような品は元来が、暮らしにゆとりがなければ動かぬ品じゃ。鄙《ひな》の物が珍しいと江戸でもてはやされれば、鄙にも金子が流れるのだぞ」

「はあ、確かに」

「田沼は物では動かぬ。だが動くと見られるのは何も悪いことではない。後ろ指をさされとうなければ洟紙《はながみ》一枚すら受けぬことじゃ。私はそのような御方は未だ一人しか見たことがない」

意次は忠光を思った。賄を受けたと言われて家重から遠ざけられぬよう、忠光は生涯、何一つ他人から受け取らなかった。

「もしや、大岡忠光様のことを仰せですか」

康福は奏者番のとき、忠光を間近で見ている。

「侍講の鳩巣《きゆうそう》殿は忠光殿に、童女の花冠を突き返す様をつねに思い浮かべよと教えられたそうですな」

鳩巣はさすが、忠光の人柄を見抜いていた。忠光ならば花冠などを受け取れば、どれほど童女に便宜を図ったか分からない。

「私はあいにく、そこまで人が好《よ》くできてはおらぬのでな。花冠など貰うたところで、手心などは一切加えぬわ」

意次はわっと笑い声を上げた。意次は物は受ける、だがそれで己の信念を曲げはせぬ。

「まこと、物に目がくらまぬようにするとは、人とは修行じゃの」

意次は気軽に忠友の肩を叩いた。

＊

呉服橋のそばまで来て、十郎兵衛は高い壁に足が竦《すく》んだ。

「何をしている。今日は難しいお話なのだぞ」

上役の川井久敬が鋭い目でこちらを振り返った。

荘厳な門を潜り、十郎兵衛は意次の屋敷へ入った。

茶が出され、しばらく待っていると着流し姿の意次が現れた。

張り出した額に、日の下で見た眼光は鋭かった。今となっては天守台で一晩話したとはとても信じられぬ相手だった。

「わざわざすまんな、久敬。私が勘定方へ出向けば何かと騒がしゅうなるゆえに。十郎兵衛の働きぶりはどうじゃ」

「は、まことに出色《しゅっしょく》にて、とても勘定方に就いて三年とは思えませぬ。役方ごとに配っておりました筆や蠟燭の類い、各々買わせる策は十郎兵衛が思いつきましたとか」

「ふむ、左様じゃ」

「して、今日は勘定奉行様に、じかに御老中様にお伺いせよと命じられたのですが」

「ああ、聞いておる。ゆえに今日は楽しみに待っておった」

さすがにどちらも無駄話は続けない。座敷の気はがらりと変わって評定場のように張り詰めた。

勘定吟味役を務める久敬は貨幣に新しい工夫があり、先ごろ奉行に申し出た。これが良さそうだというので十郎兵衛も掛《かかり》に任じられ、素案が纏まったところで意次と直談することになったのだ。

「前の貨幣改鋳といえば、かの江戸町奉行、大岡越前守忠相《えちぜんのかみただすけ》様がなさった元文の改鋳でございます。あの折は商人の用いる銀の品位を下げ、江戸の金の値打ちを引き上げました。ですが江戸と大坂に両替商がおり、双方の貨幣が分かれておるかぎり、相場が立って騰落を繰り返すことは如何《いかん》ともし難うございます」

「そうじゃな。どこへ行っても米は米。人が食う米の高は変わらぬのにな」

十郎兵衛は内心しみじみうなずいていた。勘定方でもなく、物の値の仕組みがこれほど分かっている武士は意次ぐらいのものだろう。

江戸でも大坂でも、人は一年に一石の米を食う。だというのに金貨と銀貨の値打ちに差があるために、同じ一石が江戸では一年分になり、大坂では十月分になる。そこに相場を操る両替商が絡むから、江戸の一年分が大坂では半年分にしかならぬのだ。

だがもしも一石が江戸でも大坂でも同じ一年分に定まるなら、どうだろう。たとえ十月分にしかならないとしても、江戸でも大坂でもいつでも十月分になると定まっていれば、暮らしはとりあえず先々まで見通しも立つ。

「吉宗公と越前守様が苦心して一両を銀六十匁《もんめ》に落ち着かせなさいました。それを此度は、さらに前へ進めとう存じます」

「前へな」

久敬が力をこめてうなずいた。

「新しく五匁銀を鋳造いたします。十二枚で金一両と定めます」

「となれば、金と銀は一つの貨幣も同じじゃな」

「左様にございます」

久敬が意気込んだ。勘定方にとって意次ほど物わかりの良い、即座に話の肝を解してくれる幕閣はない。

「十二枚で一両になる銀貨か」

「はい。さすれば両替商を挟まずとも、武士は上方でも通用する貨幣を得ることができます」

両替商が相場を動かすから武士が窮するのだ。

物の値はそのときどきで動くとしても、それを購う貨幣までが動いては貧しい者の暮らしが困窮する。まずはその一方だけでも動かぬように定めるのが五匁銀だ。

「承知した。五匁銀、必ずや上様にお許しをいただいてやろう」

「真にございますか」

久敬は驚いて飛び跳ねた。十郎兵衛もともにすぐ頭を下げたが、両腕はわなないていた。

「両替商どもはさぞ五月蠅う申すであろう。そのかわり勘定方も、一年や二年で泣き言を言うてはならぬぞ」

十郎兵衛はぽかんと顔を上げた。五匁銀は造りさえすればうまく行くのではないのか。

と、意次がにやりと笑いかけてきた。

「江戸や大坂ばかりではない。諸国にどれほど両替商がおると思うておる。彼奴《あやつ》らの大きな儲け口を塞ぐのじゃ、一朝一夕にいくものか。いくら上様の御威光をふりかざしてもな」

十郎兵衛と久敬は顔を見合わせた。己たちには五匁銀の優れた面しか見えていなかった。

「そんな顔をするな。久敬の工夫は全く間違っておらぬ。ゆえに改めねばならぬのは暴利を貪っておる両替商どもじゃ。だが世は正しいほうへのみ進むとしたものではない。浅草の札差どもがどれほど騒ぐか、私はもう耳鳴りがしてまいったがの」

そのくせ意次は豪快に笑い声を上げた。

「なに、金貨と銀貨が同じ曲尺《かねじゃく》の上にある貨幣じゃと皆が呑み込むようになれば、此度はそれで十分よ。私が申したいのは、年月がかかるゆえ覚悟しておけということじゃ」

十郎兵衛はごくりと喉が鳴った。意次はまさに、すさまじい。久敬でさえ童のようにぼんやりと見返している。

「銀もなあ。そもそも秤量《しょうりょう》にせねばならぬものだろうか。久敬と十郎兵衛は、おいおいその辺りのことも考えておいてくれ」

屋敷を出て呉服橋を渡るとき、十郎兵衛と久敬はただ意次に圧倒されて、どちらも無言で歩いていた。

＊

「お帰りになりましたか」

障子が開いて伊織が入って来た。

「銀十二枚で金一両と定めるとは、なんと見事な工夫にございましょう。もはや両替商を通さず、じかに店へ行って購うこともできるのですな。それどころか、釣りで銀が手に入るとは」

伊織はにこにこしてそばへ腰を下ろした。

意次は先ごろ、この伊織を家老にした。田沼家は今や一万五千石だが、元は六百石だったから譜代の家老などはいない。こうして才覚のある者を家柄によらずに任じられることが意次自身が身軽に動けることにも繋がっている。

「巧くいけばよいのだがな」

「やはり、そうはまいりませぬか」

「両替商が黙っておるものか。きっと一揆を起こすぞ」

伊織がきょとんとしたので意次は苦笑した。

「しっかりせよ、彼奴らの一揆は鍬《くわ》を振り回すわけではない。初手から物を質に取っておるではないか。じきに五匁銀にも相場を立てるであろう。幕府がどこまでその頭を叩き続けられるかじゃ」

「なるほど。軍勢を差し向けるわけにもまいらぬ一揆ですな」

「ああ。為替に手形に、大名貸し。この世に両替商に世話になっておらぬ国はない。それが一斉蜂起じゃの」

だがもちろん意次は二、三年で音《ね》を上げるつもりはない。

「ではまあ、息の長い話は措くとして。またしても伊達公の御事でございますが」

「陸奥守か」

仙台六十二万石の藩主、伊達重村《しげむら》である。

まだ二十歳過ぎと若いせいもあるが、国許では飢饉をうまく乗り越えることができず、重臣たちの諍いや処罰が相次いでいる。十五歳で襲封したときは幕府も国目付を派遣したほどだが、今に至るもいっこうに藩政は落ち着かない。

「彼奴も息の長い話は措きおったか。おおかた、中将に任ぜよと言うてきたのであろう」

「殿、御口が過ぎますぞ。まあ、左様ではござるのですが」

伊織が渋面になった。

仙台の伊達が何かと薩摩の島津に張り合うのは昔からのことだ。ちょうど一年ほど前か、島津重豪が中将に任じられたので、自らも並ばせよというのだろう。

「官位を欲しがるなら、それこそ身の程を弁《わきま》えよと申してやりたいがの。島津公は一橋卿の婿ではないか」

「ですが島津公のみが幕府から拝借金も受けておられますゆえ」

「我らが気遣わねばならぬことではないわ。領民が飢えておるゆえお借りしたいと申せば、上様は貸してくださるであろうに」

伝え聞くかぎり、重村はいっさい領国の政を顧みていない。その点、重豪にはゆくゆく藩校を建てる心算もあり、商いを万般さかんにして薩摩を富ませようとしている。意次も肩入れしたくなるというものだ。

「それがですな。どうも仙台では重村様自らが動いておられるようで、意誠殿に文を書かれたとか」

一橋家の家老を務めている意次の弟である。

「意誠に？　なにゆえじゃ」

「ですから、中将にしていただくには、殿にどのような賄をお贈りすればよいかと」

意次はぽかんとして己の鼻に指をさした。

「殿とは私のことか」

「はあ、いかにも」

伊織がぶすっとして応えた。

「重村様というのは恐るべき脇の甘さでございます。意誠殿への文に、そのままずばり御直筆にて、中将にしてほしい、ついては殿と御老中の武元様にどのような品を贈ればよいかと書いておられます」

意次は思わず脇息に突っ伏した。

重村が己の名を出すのは勝手だが、そんな文にこちらの名を書かれては迷惑千万だ。かつて郡上一揆の評定で、便宜を図れと書かれた文に名の出た老中を、意次は御役御免に追い込んでいる。

「意誠殿もずいぶん苦慮しておられました。重村様の意誠殿への問い合わせ書は五ヶ条にも及んでおったとかで」

「意誠に、五ヶ条……」

意次はまさに絶句である。

「今年と同じように明年も御品をお届けしたいが、同様の品でかまわぬか、と」

ついに意次は苦笑を通り越して爆笑になった。

「今はまだ御品は届けておらぬが、もう手配はしている。ゆえに明年、いやその次の年こそは中将に任じていただけると考えておいてよいであろうか、と」

「なんとなあ。伊達重村、侮れぬな。愉快すぎる男じゃ。しかし藩主がそれでは、家臣も領民も災難じゃな」

「殿。お声が高うございますぞ」

そのくせ伊織も笑っている。

「いやはや、これは幕府も強運じゃ。当分、奥州に用心はいらぬな。せいぜい焦らして金子を使わせてやれ」

「殿も御人が悪うございますな」

「分かっておるわ。焦らすのは一、二年じゃ」

ぶっと伊織が噴き出した。

「しかし侍というのは官位に弱いものですなあ。それがしは百姓でございましたゆえ、とんと分かりませぬ」

「そうじゃの。商人も名より実を取るゆえ、そのようなところが、武士は敵わぬのであろうな」

これが位打ちというものだろう。

「して、意誠殿には何とお伝えいたせば宜しゅうございますか」

「そうじゃの、巻き込まれては大ごとじゃ。こちらも文を書いておけ。ご丁寧の御事、お出でには及ばず候」

伊織が笑って拳を打った。

「なるほど。こちらからも文に残しておけば宜しゅうございますな」

「そうだ。伊織には他にやってもらわねばならぬことがある」

意次は違い棚に置いた文箱へ目をやった。

## 第二章

### 一

遠州相良は九年前、意次が大名に任ぜられた折に知行として賜った領国である。それから十年となる節目に、意次はついに築城に取りかかることにした。

明和四年（一七六七）五月、伊織が相良へ行くことになった。そのため伊織が旅立つまでの三月ほど、意次は下城すると相良の絵図を睨み、ときには明け方まで伊織と話し合っていた。

相良というのは浜松と駿府のちょうど中央辺りにある。船で上方から来るときは遠州灘を御前崎まで進み、その突端を北へ上がる。

遠州灘の激しい波は御前崎からそのまま東へ向かうので、相良の海は穏やかで古くから廻船の寄港地として栄えてきた。将軍家から相良を託された意次としては、まずは湊《みなと》を整え、街道を引いてくることが肝要だった。

「相良はすべて伊織に任せる。腰を据えてじっくりやってくれ。駿府も近いゆえ、製塩で名を高めるのがよかろう」

江戸でいえば、相良は行徳のようなものだ。道さえあれば相良は、江戸城下にも引けを取らない駿府城下へ塩を売ることができる。

「すぐ北を東海道が通っておる。藤枝宿から街道を引く」

意次は閉じた扇の先で、絵図の藤枝宿を押さえた。

「ですが宿場町は、東から藤枝、嶋田、金谷、日坂《にっさか》、掛川にございます。最も近いといえば、この日坂宿。とはいえ日坂宿は小そうございますゆえ、道を付けるならば掛川宿か、あるいは金谷宿が良いのではございませんか」

伊織も己の扇で掛川宿、そして金谷宿と指した。

「そもそも藤枝宿と嶋田宿は、大井川の対岸でございます。道を付けても用をなさぬと存じますが」

金谷宿と嶋田宿のあいだを大井川が流れている。これは駿河と遠江の国境をなし、あの世とこの世の境を見るほどの大河だといわれる。海風が強ければ、そこに海水までが遡ってくる。しかも金谷宿と嶋田宿のあいだでは南へ向かっている流れが、ちょうど双方の宿場を過ぎたところで東の嶋田宿へと向き変わる。

そのため風が東へ吹くと川は滝のごとくに流れ落ち、嶋田宿は町そのものが水没することも度々だ。一方の金谷宿は洪水に遭うたびに西へ押しやられていると、まことしやかに囁かれている。

「なにより大井川は、嶋田宿と金谷宿のあいだでしか渡ることを許されておりませぬ。川人足の渡し賃も大層な掛りになると申します」

辺り一帯が水をかぶって泥になるから、舟を出すこともできないのだ。

だが意次は藤枝宿から相良へ、扇ですっと真っ直ぐに筋を引いた。嶋田宿と金谷宿の渡よりも川下で大井川を渡る。

「この辺りならば川筋は定まっておる。溢れても泥水とはならぬゆえ、舟を渡す」

伊織が驚いて顔を上げた。

「それは幕府が許しませぬ。なにせ大井川は……」

「左様。江戸の大外濠の一つじゃ。兵馬が渡れぬように橋を架けず、舟も置かぬ」

「ならば上様に願い出られるのでございますか。それは……、上様も御老中様がたも、殿が仰せになればお許しになるかとも存じますが」

伊織が案じているのは、相良がいわくのある土地だからだ。さきの郡上一揆で永預けとなった西之丸若年寄、本多《ほんだ》忠央《ただなか》の領国だったのだ。

厳しい処罰を下した意次のことは、未だに恨んでいる家士も多いはずだ。

「上様の寵遇に胡座《あぐら》をかいておると申す輩も出てまいりましょう。江戸ならばともかく、相良では当家の家士たちにも損がついてまわります」

「ああ、そうだ。それゆえ家士たちのことはそなたに頼む」

意次には他にさまざま考えていることがある。

「大井川に橋を架けぬのは、西国の外様らに東海道を攻め上らせぬためじゃ。ゆえに藤枝宿から相良へ延びる道は、東海道へは戻さぬ。相良で行き止まりじゃ」

東からは相良へ来ることができるが、西国大名がその道を通って江戸へ行くことはできない。

「そのうち掛川宿のほうへも道は延びるであろうがな、その道から相良を通って西国外様が東上するというならば、存分に足止めさせてやるだけのことじゃ。城は三重櫓の天守閣にせよ」

伊織がぽかんと口を開いた。

「どうした」

「いえ。橋を架けてはならぬのも、天守を建ててはならぬのも、大本を糺《ただ》せば、逆をしたほうがよいこともあると気づかせていただいた次第で」

意次は鼻を鳴らした。

「相良の全ては将軍家の御為じゃ。決まっておるではないか」

五十も目前の己が、いったい幾年暮らす城だというのか。そもそも田沼家は在府だから、相良へ行くこともない。

「どうだ、それならば御老中方も否とは仰せになるまい」

「はい、いかにも」

「家士が無用な恨みを買うては堪らぬのでな、本多忠央の赦免も願い出ておこう」

「お見事にございますなあ、殿」

意次は取り合わずに、もう一度、藤枝宿から相良をなぞった。

「ゆえに街道は藤枝宿から引く。城は決して華美にしてはならぬ。ただ堅固にせよ」

「畏まりましてございます」

「分かっておるだろうが、米は救荒に備えて少しずつ貯めていけ」

もう伊織は口も開かず、一つひとつに頭を下げる。そうして明くる日には帳面にすべて控えて仕上げてくるのが、伊織の抽《ぬき》んでたところの一つだ。

「私も目配りはするつもりだが、勝手向きにはつねにゆとりを持たせよ。だが物成りは数年に一度は不作が襲うと決まっておる。ともかく年貢だけは無体に取るな。そんなことをするくらいなら、相良は返上する」

伊織はしきりと額を揉み、己の眉間の皺を伸ばそうとしていた。

「しかし殿はなにゆえそこまで百姓に親身になられます。それがしは百姓でございましたゆえ、これほど有難いことはないと思うておりますが」

意次は微笑んだ。伊織が百姓だったことを忘れずにいてくれるかぎり、意次は相良を案じずにすむ。

「私をここまでに引き上げてくださったのは家重公だ。相良は家重公から私がお預かりしたのじゃ。あの御方は弱い者を苦しめることはお許しにならぬ」

家重の姿を思い浮かべると意次は目頭が熱くなる。

「当家は紀州藩の少禄から幕臣に取り立てられた新参者だ。ありきたりにしておっては侮りを受けるだろう。皆には武芸も学問も励むように申せ」

「はい。必ずや」

「だが余力があれば、遊芸もさせてやりたい。これも忘れずに申せ、余暇にはよう遊べとな」

「なんと、遊べと申すのですか」

「暮らし次第で遊べると分かれば、懸命に働くではないか。私は三味線も長唄も漏れ聞こえぬ町は、歩いておっても気が晴れぬ。長雨の折なぞ、雲雀《ひばり》の鳴き真似をして聞かせる者があれば仕舞屋《しもたや》の一つや二つ、呉《く》れてやろうと思うがな」

伊織が目を細めた。

「殿もいつか相良に来てくださるのでしょうな」

「ああ、そのうちにな。伊織には、私が故郷じゃと思える国を作ってほしい」

いつか意次は、日の本中を己が懐かしいと思える国にしたい。意次にはその魁《さきがけ》になる相良の幻がはっきりと見えていた。


「君見ずや。人間万事、晦日は暗《やみ》。ただ太平楽のいまだ終わらざるあり」

元日の総登城を終えて屋敷へ戻ると、綾音が寝転がって綴じ本を読んでいた。意次に気がつくと、半身だけ起こして笑顔を見せた。

意次は三年前、側用人に任じられた折に神田橋御門内に屋敷を拝領していた。それにつれて綾音も、外では神田橋御部屋様などという大仰な名で呼ばれるようになっていた。

「主が帰っても出迎えもなしか」

意次は軽く綾音の尻を叩いた。

「まあ、御機嫌斜めですの」

「いいや。つくづく妻は下から貰うものだと思うてな」

心底愉快になってそばに腰を下ろすと、綾音も起き上がった。

「何を読んでおる」

意次は寝転がって綴じ本に手を伸ばした。表紙に『寝惚先生文集』とある。

「殿。こんな愉快な読み物があったのかと、わたくしはもう止まりませんの」

綾音は横から綴じ本を覗き込んで、指で文字をなぞった。

「夜夜、年年、松の下を過る。白髪頭で銭金無し。今日は姑となり、昨日は婦《よめ》。憶えば昔、一休が御用心」

声に出しながら綾音は転げ回って笑っている。

夜夜、年年とは寄る年波に掛けてあるのだろう。それが門松の下を通る、つまり新年が来てまた歳を取ったということだ。

「なるほど。昨日は若かった嫁が、今日はもはや姑か」

己のこととは思わず、綾音は笑い涙を浮かべて幾度もうなずいている。

「しかし巧みなものじゃ。一休和尚といえば、元旦に髑髏《どくろ》をぶら下げてな、他人の門口を巡ってはご用心、ご用心と説いて回ったというのだぞ」

「まあ、そうでございましたの」

「一休和尚の狂歌に、門松は冥途の旅の一里塚、というものもある。めでたくもあり、めでたくもなし」

綾音が目をぱちぱちとさせて手元の綴じ本を見つめた。

「ではそのような歌を狂歌と呼びますの」

「ああ。和歌におかしみを籠めて捻ってある」

意次は綴じ本を最初から開いてみた。

「寝惚先生、初稿の序」

一行目にそうあった。しばらく口を閉じて読んでいたが、つい噴き出した。著者は毛唐の陳《ちん》奮翰《ぶんかん》、編輯《へんしゅう》者は阿房《あほう》の安本丹《あんぽんたん》、校正は蒙麓《もうろく》の滕偏木《とうへんぼく》とある。

「どうでございます。面白うございましょう」

「ああ、真にな。このような書を皆が読んでおるとは、江戸も豊かになったものじゃ」

韻や語句を漢詩の体裁に似せて戯れ、世や人を巧みに風刺している。書き手が李杜《りと》の詩を読み込んでいるのは当然としても、読み手が漢詩を知らねば面白みも伝わらない。この類いの書がもてはやされるとは、それだけ読み手がいるということだ。

「寝惚子、陳奮翰殿か。大した男ではないか」

「幕府の御《お》徒《かち》で、まだ二十歳ほどだそうでございますよ」

「ほう、御徒か。結構なことじゃ」

意次は心が浮き立った。御徒といえば武士の中でも足軽同然の者だ。それが貧しい暮らしの中で漢詩を読み、こうして明るく不平を怒鳴り、皆で笑い飛ばしている。

「なあ、綾音。家重公はなんと豊かな世を残していかれたのだろうな」

「あなた様は本当に家重公を慕っておられますね。口をきくこともおできにならなかった、まいまいだと侮られることもおありだったと聞いておりますけれど」

「私は父にも早くに死に別れたゆえな。私の根を作ってくだされたのは家重公と、御側の忠光様だ」

「どのような御方でございましたの」

「聞いても分からぬぞ。褒め言葉しか出て来ぬゆえな」

家重と忠光、どちらのことを尋ねられても同じだ。

「ですが殿はそもそも、誰のことも悪くは仰せになりませんもの」

「ああ、それは陳奮翰殿のように気の利いた言葉が吐けぬゆえだ。阿呆の間抜け面めがと腹を立てておる十人や二十人はいる」

綾音が笑い出した。

「ならば家重公を小便公方などと腐しておる者だけでもお咎めになれば宜しゅうございますのに」

家重は身体に麻痺があったために尿《ゆばり》を堪えることができなかった。まいまいつぶろなどと陰口を叩かれたのも、そのせいで座った跡が濡れることがあったからだ。

「言うておるのは、その目で家重公を見たこともない者たちじゃ。そのような者は、当人の耳に入ったと知れば喜ぶのよ。なぜ喜ばせてやらねばならぬ」

皆、陳奮翰に弟子入りせよというのだ。意次は厠《かわや》の落とし紙に書いたような言葉には興味がない。

「私はこの世に生まれて、会わねばならぬ御方には会った。己の強運を思うのみじゃな」

意次はそっと違い棚に置いた塗の文箱へ手を伸ばした。

明和八年（一七七一）四月、幕府は旱害《かんがい》のため五年の倹約令を出した。

そのとき拝借金は当分禁じられることになり、前の年に三千両を借りていた意次は運の強いことだった。

――なに、幕府には三百万両からの蓄えがある。

領国の相良が不作になり、窮した伊織が頼んで来たときには意次はそう言った。

――金子などというものは蔵しておるばかりでは役に立たぬ。動かせる場があるなら動かしてやるのが世のためじゃ。

意次にはその三千両を相良に落とせば近在の商いまで息を吹き返させる自信があった。

他の者も同じように金子を領国の城下や村々に使うというならば、意次は今からでも家治に願い出てやるつもりはあった。

――ですがまた殿だけが悪く言われなさるのではありませんの。

結局、拝借金を借りたのは意次だけだったから、綾音は案じて顔を曇らせていた。

――まあ、よいわ。これで陳奮翰殿に何か書いてもらえるかもしれんぞ。私が明るく虚仮《こけ》にされて、町に笑いが起こる。書が刷られて金子が動く。酒の一合も売れるというものではないか。

陳奮翰や安本丹ならば意次のことをどう書くだろう。腐された己の似顔絵の横にどんな狂歌が書かれるか、意次は勝手に思い浮かべるだけで笑いがこみ上げてきた。

だがちょうどその同じ頃に水戸で焼き打ちがあり、初夏には唐津で一揆が起こった。

どうやら丹波篠山辺りで百姓たちが不穏にしていると伝えられて来た直後、家治の正室、五十宮がみまかった。まだ三十四で、一つ年上の家治とは傍目にもまぶしいほどの夫婦仲だった。

五十宮には万寿《ます》姫という十一になる姫があった。だが男子が生まれず、家治は側室が産んだ男子を五十宮に育てさせていた。

幼名を竹千代といったその継嗣は十歳だが、すでに名は家基《いえもと》と改めている。

「家基様が万寿姫様と肩を寄せ合って泣いておられた御姿には、それがしまで目頭が熱うなって困りました」

揃って下城するとき、忠友がぽつりと言った。意次は五十三、忠友は一回り下の四十一で、先年、若年寄に任じられていた。

「家基様と万寿姫様は年子ということになるか。まさに同母のご姉弟のようであられたな」

家治が家基を五十宮の御養いに定めたのは、家基の将来のためもあるが、やはり五十宮を大切にしていたからだろう。

もともと家治が側室を置いたのも、周囲が男子誕生を期待して五十宮に負担をかけぬためだった。そのため世継ぎができると家治はあっさり側室を遠ざけ、奥では五十宮とばかり過ごしていた。

「真に、あれほど仲睦まじいご夫婦というのもおられませんでした。それだけに上様をどのようにお慰めしてよいやら、それがしには見当もつきませぬ」

そう言って忠友は潤んだ目で御座之間への廊下を振り返った。

「だがこれで家基様はご生母様とお暮らしになる。それは五十宮様も安堵なさっておられるのではないか」

「はい、ゆえに上様の御事でございます。水さえも喉を通られぬと御側の者が申しておりました」

「上様は御聡明な御方ゆえ、いつまでもということはなかろう」

これは当人が思い切ってくれるのでなければ、周りにはどうしようもない。

「それがしなど、五十宮様のご逝去よりも上様のご落胆ぶりに涙がこぼれます」

ついに忠友は懐から手拭いを出して目を押さえた。

ぼんやりと畳廊下を歩き、式台で履き物を出させていた。そのとき後ろから康福に呼び止められて、意次と忠友は振り向いた。

「おお、助かった。まだおられましたな」

康福はすでに西之丸から本丸老中になっていた。今は月番が異なっていたが、五十宮のことがあって登城していたのである。

子牛のような丸い目がやはり心なし滲んでいた。

「武元様が、意次殿を呼んでまいれと仰せでな」

意次には用件がすぐ分かった。

「無理じゃ。私などにお慰めする言葉があるものか」

康福がきょとんとして忠友を見返したが、忠友のほうは黙ってうなずいた。

「それが、武元様も拝謁が叶わぬとやら。かと申して、並の御側とは口もきかれぬ由」

やはり家治を力づけよと言うのだ。

「我らとて、これほど心を痛めておる。これはもう日にち薬じゃ」

と、康福がにやりとした。

「さすが老中首座の武元様じゃ。きっと意次はそのように申すであろうが、将軍家ばかりはそれではならぬ、首根っこを摑んで連れてまいれと仰せであった」

隣で忠友も弱々しく苦笑している。

「御側の意次ならば御目にかかれるであろう、相良のために拝借した三千両の有難さ、よもや忘れてはおらぬだろう。そう脅しつけよと仰せであったわ」

康福は笑って意次の肩を叩いた。

家治は中奥の廊下でぼんやりと柱にもたれて御庭を眺めていた。

五十宮のおらぬ大奥へは戻る気も起こらぬのだろう。だが前に広がるのも、よく五十宮と歩いていた場所である。

「意次などが参り、さぞ鬱陶しいことでございましょう。どうかお許しくださいませ」

家治はうなずきも首を振りもしなかった。

「生きるとは、このような悲しい目にも遭うことなのだな」

ぽつりと独りごちるように言った。

「上様でも弱音を吐かれるのですな。意次めは初めて耳にいたしました」

どこか葉陰で虫の声がする。いつからか、たぶん五十宮が旅立った日から季節は秋になった。

「はるか昔、比宮《なみのみや》様がみまかられましたのは、もう少し秋の深まった十月のことでございました。それがしは家重公の小姓見習いになったばかりで、お幸《こう》の方様が来る日も来る日も泣いておられたのをよく覚えております」

ほんのわずか家治が頭をもたげた。

家治の母お幸の方は、家重の正室、比宮とともに江戸へ下って来た京生まれの女官だった。

「家重公は今の上様と同じでございました。涙こそお見せになりませんでしたが、おそばに寄ることもできませんでした。家重公の御心の半分が比宮様とともに旅立たれたと思うほどでございました」

「半分どころではない」

かすれた小声でまたぽつりと言った。人に知られぬように泣くのは、将軍という立場ではさぞ難しいことだろう。

「忠光様が目頭を押さえておられるお姿は、意次めも幾度か拝したことがございます」

家重の引きこもりは二年近くも続いた。その最中に意次は小姓になり、元服もした。忠光が直の上役の一人だったから、始終その姿は見ていた。

「忠光様がどのように家重公をお支えあそばしたか存じませんが、お慰めする言葉などございませんでしたろう」

「よう分かっておるではないか。ならば黙っておれ」

いまだかつて家治は、周りにこんな突っ慳貪《けんどん》な物言いはしたことがない。

「ですが家重公のそのときは、吉宗公が将軍を務めておられました。家重公が好きなだけ比宮様を偲んでおられるよう、吉宗公が庇っておいでてでした」

家治はぎゅっと眉根を寄せて目頭を押さえた。

将軍がこうしているわけにはいかないことくらい、聡明な家治はとうに分かっている。しかも五十宮が旅立ってから、まだ日も浅い。

「それがしには無論、吉宗公の代わりは務まりませぬ。ですが上様のために、五十宮様を心ゆくまで偲ばれるだけの月日をお作りいたします」

家治がゆっくりと意次のほうへ顔を向けた。

「どうぞお気の済むまでお泣き暮らしくださいませ」

意次は一つ息を吸って背筋を伸ばした。我ながら、あまりに不遜だと思っていた。だが他にどう言えばいいか分からない。

「それがしが万分の一なりと、上様の御役の代わりを務めます。ですが上様の代わりなど、一日もできるはずがない。意次めはすぐ、図に乗った権臣よと皆に悪し様に言われると存じます」

意次は目を閉じた。まざまざとその様が瞼に浮かぶ。

「忠光様はあの折、ただの一度も家重公の代わりはなさいませんでした。ですが家重公が奥に籠もっておられる二年の間に、忠光様は僭越が過ぎると、随分ひどい言葉を受けておられました」

周囲は勝手なもので、あのとき忠光は、家重が奥で何と言っているか伝えよと連日迫られていた。

だが忠光は何一つ己からは口を開かなかった。だから心がけが足りぬだの、元から言葉は解しておらなかっただの、挙げ句の果てには忠光が酒浸りにさせているとまで言われた。

「それゆえ家重公は忠光様のお立場を思い、立ち上がられたのだと存じます」

意次は深々と頭を下げた。

「それがしもきっとそのように指をさされましょう。忠光様ゆえ二年も保《も》ちましたが、それがしならばどうでございましょう」

まして今は吉宗もいない。あのとき家重はまだ継嗣の身だった。

「意次めが忠光様のごとくに言われたときは、上様が助けてくださると信じて、それがしはお待ちいたします。そうでなければ、それがしは上様の御側に留まっておることはできませぬ。これは上様の他にはできる御方はおられませぬ」

しばらく家治は黙っていた。だがやがて静かに口を開いた。

「かつて御祖父《おじい》様にも言われたことがある。そなたにしかできぬことがある、とな」

家治の祖父、吉宗は家治に多くを期待し、膝の上で育てていた。

「意次。そなたはさすが、父上がまたうどと仰せになられただけのことはある」

全き人、愚直なまでに正直な信《まこと》の者という意味だ。

今の家治の意次への信頼は、あの言葉が始まりだったと言ってもいい。

「倫子《ともこ》が旅立ってから、今初めて父上のことを思い出した」

倫子とは五十宮の名だ。この優しい呼びかけに五十宮が朗らかに微笑み返す、その姿を意次たちは幾度見てきただろう。

「余が沈んでおれば、意次が権臣と呼ばれるのだな。それでは倫子が、父上に合わす顔がなかろうな」

「上様……」

「いずれもう一度立ち上がらねばならぬならば、倫子のためにも一日も早う、そうしてやらねばな」

意次は思わず涙がこぼれた。

その意次に、家治は淡い笑みを見せた。

「まずは月次御礼《つきなみおんれい》に出るとするか。余は意次を側用人にしたゆえな。側用人とはやはり権臣の称かと言わせては、余こそ父上と御祖父様に合わせる顔がない」

毎月の十五日に在府の大名が総登城し、将軍に拝謁を賜るのが月次御礼だ。

参勤の挨拶などのほかに諸侯が将軍に拝謁できるのはほぼこのときだけだ。諸侯はわざわざ参勤して来て、月々のこの日を果たすために江戸にいるのだともいえる。

「意次。余は久々に思い出した。父上と忠光も、よう励まれたな」

「はい。上様とそれがしは、お二方の御姿を誰よりもよく見てまいりました。上様は家重公を、それがしは忠光様を」

家治は力強くうなずいた。

「余はこのさき何があろうと、月次御礼だけは休まぬ。余は父上と忠光に誓おう。意次、そなたはまたうどゆえ、証し人となれ」

意次が手をつくのを見届けて、家治はゆっくりと奥へ戻って行った。

二

明和九年（一七七二）二月末、午を過ぎた頃、目黒の行人坂の中腹にある大円寺から火が出た。

その日は通りの砂が残らず巻き上がる烈《はげ》しい風が吹いていた。寺というのはどれほど用心をしても次から次へと皆が蠟燭に裸火を灯して帰って行く。ぱたんと風に倒れた一本の蠟燭はあっという間に寺の伽藍《がらん》を走り、あとは風に煽られて勢いよく坂を駆け下りた。

幕府は四代家綱《いえつな》の折の明暦の大火に懲りて、店の表には火を消すための砂と天水桶を置かせていた。城下には火除地として広い明け地を設け、随所に梯子や鳶口《とびぐち》が立てかけてある。だが梯子は風で倒れ、かえって火が伝う因となった。幾日も雨が降らず、乾いて反るほどだった町家の壁板はまるで焚きつけのように焔《ほのお》を大きくした。

ものの半刻で火は白金から麻布、芝に至り、城下のあちこちで狂ったように半鐘が叩かれた。初めは一筋、空に昇るかに見えた白煙はやがて二つになり三つに分かれ、ついには四方から御城へ近づいた。火は南西から風の吹くまま、目黒から御城の東側を撫でて進んだ。

これほどになれば吉宗が苦心した町火消も、少しずつ進めて来た瓦葺きの屋根も漆喰の土蔵も、全く歯が立たなかった。町人地では九尺二間の長屋のあいだを逃げ惑う人々が埋め尽くし、火消たちは鳶口を振り上げることもできず、辺りの町人を散らしているあいだに火が燃え広がった。

その間も風はひっきりなしに御城へ吹き寄せて、焔はついに曲輪《くるわ》内に飛び込んだ。そうなると後は軽々と濠をまたぎ、瓦も吹き飛ばして、垂木を渡した木造りの門がことごとく火を吹いた。

だがさすがに少しは手強いとでも思ったか、火は見附を焼くと向きを変え、城内には入らなかった。そしてわずかに逸れて京橋、日本橋へと進み、神田、本郷から浅草、ついに千住へ至った。

丸一日が過ぎた明くる日の午、ようやく舐めるものがなくなって火は消えた。ところが次の日にはまた埋《うず》み火から焔が出、仕上げとばかりに城の周囲を更地にし終わって鎮まった。

老中たちの評定間には使番が次々と駆け込んでいた。焼け落ちた見附は八、大名小路の屋敷はことごとく焼けて壁さえも残っておらず、橋や社寺に至っては、無事に姿をとどめているものを見た使番は一人もなかった。

「神田辺りはまだくすぶっております。田沼家の皆様方は、別の屋敷へ立ち退かれた由」

濃い煙で神田明神さえ定かでないと告げた使番は、意次に気遣ってそう付け足した。

意次には木挽町に中屋敷、蠣殻《かきがら》町に下屋敷がある。おそらく綾音たちはそのどちらかへ移って無事でいるだろう。いくら道がごった返しているとはいえ、大勢の侍が町人たちを押しのけ、焔には目もくれずに進むのだ。いざとなれば逃げ惑う人々を斬って道を空けるのだから、まず大名たちが火に巻かれることはない。

江戸にこれほど大火が多いのは、夏のほかは年がら年中、途切れずに強い風が吹いているからだ。

そしてなにより、城下で暮らすほとんどが町人というのに、町地は四が一もない。おのずと町人は間口の小さな裏店《うらだな》にだんごになって暮らすことになり、いざ逃げるとなれば乏しい家財を置き去りにはできない。大八車に手当たり次第に物を載せ、それが群衆の中を押し合いへし合い、そこに年寄りなどがいれば、火のほうがよほど速く走って行く。

　町地を広げるという大本のことは、今さら江戸の半分が焼けたくらいでは出来るはずもない。評定では、焼死はおおよそ二万と目算を立てたが、江戸には五十万からの者がいる。となれば命を落としたのは四分、あとはともかく生き長らえている。

　江戸はすぐ立ち上がる。手本は四代家綱のときの明暦の大火だ。しかもあの時分と違って、今は諸国から船で材木も食糧も入って来る。

「在府諸侯には屋敷再建などに国許から家士を呼ぶことはならぬと達を出すことにいたします。また、大名が上様への御見舞いに登城することは一切許さぬと」

　意次が口を開くと、真っ先に家治がうなずいた。家治がつねにそうしてくれるから、意次は何も案じずに御役を務めることができる。

　今、府外から大勢が入れば、たちまち米の値は上がる。幕府はまずは生き残った四十八万の人々を食わせねばならない。

「そのかわり、国許から何なり持ち込むことは好きにさせては如何でございましょう。参勤明けの諸侯が領国から、火事場見舞いに米その他の諸色、江戸へ送ることは上様はお喜びになると伝えます」

　家治が力強くうなずく。

江戸に藩邸があれば、おのずと諸国から品が集まって来る。幕府がすべきは、厳しく江戸の治安を守ることだ。

「米の値を吊り上げるような商人は上様がきつくお叱りあそばすと触を出せば、じきに江戸は賑わいを取り戻すと存じます」

急場を凌げば大場はなんとかなる。とにかく食物の値を騰落させぬこと、そのためには町人たちの生計の道を絶やさぬことだ。

「御救い小屋を立てねばなりますまい」

忠友が言ったのへ意次たちはうなずいた。忠友も幕閣たちも、むろん火が出てから一度も御城を離れていない。

「どこに立てるかは忠友が考えよ。米俵が日の本の津々浦々から、上様のお膝元を目指して集まって来ておると言い広めよ」

「畏まりましてございます」

食えぬなどという噂は幕府の働き次第で抑えることができる。

夥《おびただ》しい数の屋敷が燃えたということは、それだけ建て直す普請もある。まず力のある藩が普請にかかれば、そこから町人は立ち上がることができる。

幕府が次に守らねばならぬのは幕臣だ。

「上様、火急の折にございます。旗本らに拝借金をお許しいただきとうございます」

「ああ、それがよい。まずは幕臣を支えねばならぬ。将軍家から拝借金が出るとなれば、商人たちも大名屋敷の建て直しよりも先にかかるであろう。さすれば物の値もいたずらに上がりはせぬ」

家治は事の枢要が分かっている。懐の豊かな大名たちが競うように屋敷の建て直しを始めれば、諸色の値はあっという間に跳ね上がる。

「大名たちはそれぞれの国許に蓄えもあろう。おいおいには競わせ、好きに贅を尽くさせるがよい」

家治は幕閣よりよほど頭が回る。意次は内心、手を打ちたいほどだった。

大名たちに見栄を張らせるのは瓦を葺いてからだ。普請が終わって作事の段になれば、競って金子を落とさせる。そうすれば江戸はすぐ息を吹き返す。

まずは江戸の民に、当たり前の昨日までの暮らしを取り戻させる。そのためには幕臣に金子を持たせ、それを市中で使わせる。そうしていれば、いずれは櫛笄《くしこうがい》の店にまで金子は流れていく。

「勘定方に申して御拝借金の概算を出させよ。老中には一万両、若年寄は五千両。御用取次は二千両で、側衆は一千」

勘定方は老中支配だから、康福に委ねれば足りる。

康福はあわてて矢立を取り出し、意次の挙げた数を書き付けた。

「旗本は千石刻みで五十両。さすれば側衆の半分ということになろう」

周りの幕閣はきょとんとしている。家治は頼もしげに意次に微笑み、康福は懸命に筆を走らせる。

「八百石の旗本ならば四十五両。あとは百石ごとに五両ずつ減らす。よし、これで百石でも十両の御拝借金じゃ」

「はあ、左様になりますか」

康福は生返事で書き取っている。

「御金庫を空にするわけにはまいらぬ。勘定方が足りぬと申すならば、上の一万両を減らせ。百石の旗本に十両というのは動かすな」

「は、老中のほうを減らすのですな。畏まりましてござる」

家治はそのやりとりを黙って見つめていた。そして康福の書き取りが一段落したところで、確かめるように意次を見た。

「意次は一万両だな」

「滅相もない。意次めは側用人にございますゆえ、二千両を御拝借願わしく」

意次は手をついた。

だが家治は大らかに微笑んでいた。

「そなたはまだ老中格のつもりか」

意次は前月、老中に任じられている。

このようなときに座を和ませることができるのは将軍の笑みだけだ。顔を引き攣らせていた老中たちが、ほっと左右を見合って笑みを浮かべた。

「ですが、それがしには先の相良の御拝借金もございます」

「余が拝借金を出すのは下々の生計の道を開くためであろう。大工ばかりではない、日傭取《ひようとり》も大勢雇うてやるがよい。一万両の金子、意次ならばどのように使うか、皆に手本を見せよ」

評定間の面々もそれぞれにうなずいた。

「意次ならば一万両、見事使い切るであろう。神田橋は余の出丸じゃな」

家治は一同を見回しつつ立ち上がった。

「皆も各々、余の一番備と心得よ。今より江戸は将軍家のいくさ場じゃ」

幕閣が手をついた。家治が退出すると同時に、皆が我先に城下へ散って行った。


それからも老中たちには下城できぬ日が続いた。江戸は市中の三が一が焼け、死人は行方知れずを合わせると、やはり二万近くになった。およそ九百五十町が火に舐められ、燃えた大名屋敷は百六十九、橋は百七十、寺社に至っては四百ほどが跡形もなくなった。

このようなときには月番も何もない。意次は御城に留まり続け、おおよそ十日ぶりで下城したが、神田橋ではすでに屋敷の再建が始まっていた。

遠江の相良からは家老の伊織が戻り、その折、材木も船に載せてきた。火の出た後に江戸で材木が高い値をつけることは、今では日の本で知らぬ者はなかった。

田沼家では日傭銭を払うというので、火事で働き場を失った者らがこぞって普請を手伝っていた。そのため他所《よそ》よりも普請は早く進んでいるようで、角を曲がる前から活気のある槌の音が響いていた。

だが意次はできれば屋敷跡へは戻りたくなかった。どれほどの物を失ったか、考えると卒倒するかというほど息が苦しくなった。

綾音もいる。家士たちもそれぞれに助かった。二十四歳になる嫡男の意知も無事で、普請に精を出している。今はそれ以上、何を望むと己に言い聞かせては歩いて行く。だがどうしても意次の足は重かった。

「おお、殿」

伊織が真っ先に気づいてこちらへ駆けて来た。

屋敷の跡地には田沼家の七曜紋を染め抜いた幔幕《まんまく》が張ってある。その内側には庇《ひさし》をつけた小さな建屋がすでに建っていた。

手を止めようとした工人たちに、意次は軽く手を振ってそのままにさせた。どうにも顔を上げる力も入らず、うつむいたまま幔幕の切れ目から中の建屋へ向かった。

「木挽町の中屋敷は土蔵が煤けただけで大事ございませぬ。ですがそれがし、今しばらく相良へは戻らず、江戸を差配しておって構いませぬか」

「ああ、心強い。頼んだぞ」

意次の家士は当代で抱え入れた者ばかりだ。下々の暮らしをよく知っているし、このようなときには他のどんな大名家より実地で役に立つだろう。

意次は伊織の出した床几《しょうぎ》にどっかりと腰を下ろした。

「さすがにお疲れの御様子でございますな」

「いや、そういうわけではないが」

「当家は目立った死人もございませぬ。まずは意知様もご無事で、我ら一同、なにより安堵いたしております」

「ああ、左様」

そのとき、ふわりと良い香りがした。

綾音の好む薫香だったかと思い出しつつ顔を上げると、綾音が傍らに立っていた。

「なんと、綾音ではないか」

「まあ。わたくしが無事なことはとうにご存知でしたでしょう。それほど驚かれますとは」

「いや、木挽町の屋敷におるとばかり思うたゆえ」

「今日はお戻りと聞きましたので、これでもお会いしとうて、朝から徒《かち》で参ったのでございますよ」

まだ江戸の町は駕籠などを仕立てて歩いているときではない。

ぼんやりと綾音の姿を見返しているうち、意次は仰天して思わず床几から飛び上がった。

「綾音、それはどうした」

綾音は胸に塗の文箱を抱きしめていた。

いつも意次が居室の違い棚の上に置き、手を合わせるごとくにしてきた品だ。

「なぜ、それを」

屋敷に火が迫ったと聞いたとき、意次はできることなら何を捨てても即刻、これを取りに戻りたかったのだ。

「あなた様の命より大切な御品でございましょう」

意次はぽかんとした。

中を開けて見せたことはない。何が入っているかも言わなかった。綾音が聞きたがらなかったからだ。

「そなた、中を知っておったのか」

「いいえ。わたくし、勝手に開いたりはいたしませぬ」

「ならばなにゆえ」

綾音はにっこりと微笑んだ。

「中身は知りませんけれど、なにやら途轍もなく大切な物が入っておるのでございましょう。あなた様を見ていれば、そのくらいは先《せん》から分かっておりますもの」

だから火が来たとき、これだけは持って出なければならぬと思ったという。

それからは居所も定まらぬ混乱で紛れてしまわぬように、ずっとこうして胸に抱いていた。

「ですから今日も持って参りました、きっとあなた様は……」

「でかした！　でかしたぞ、綾音」

思わず意次は人前も憚らずに綾音を抱きしめていた。両目から涙が吹きこぼれ、周りにいた家士も伊織も呆気に取られていた。

「殿、いい加減になさいませ。肝心の文箱、落としてしまいますよ」

「おお、それはいかん」

意次は顔を拭うのも後回しに、しっかりと綾音の胸から文箱を受け取った。

「一体、何が入っておりますの。あまりに軽うございますゆえ、金銀の類いではありませんでしょう」

「ああ、またいずれな。しかし真にようやってくれた、綾音。これで一切、憂いはなくなった。伊織、私は御城へ戻るぞ」

「は？　今お戻りになられたばかりではございませぬか」

「なに、評定間におって邪魔になることはあるまい」

綾音が笑い出した。

「この文箱はわたくしがお預かりしていて宜しいのでございますか」

「ああ、そなたに任せる。それが一番じゃと信じるゆえ」

「それは真に忝うございます」

「では行って参る」

意次は飛び跳ねて走り出したいほどだった。

ついさっきとは辺りの何もかもが違って見えた。江戸の町の全てが新しくなった姿が、意次にははっきりと見えていた。

＊

十郎兵衛は上役の川井久敬と神田橋へ向かっていた。辺りは先の目黒行人坂の大火で残らず舐められた場所で、神田橋は御門もろとも焼け落ちていた。

だが四月も経った今ではさすがに橋は架け直され、見附も元の姿に戻っていた。市中ではまだあちこちで槌の音が響いているが、そばに屋敷を持つ意次が手妻のように己の屋敷よりも先にこの橋を架けたので、しばらくは評判になっていた。

「あの火事からこちら、田沼様ほどお忙しい方もおられませんでしょうに。よく改鋳のことまで頭が回られるものでございます」

見事に建て直された屋敷の前で、十郎兵衛は足を止めた。久敬は昨年、勘定奉行の一人に任じられ、十郎兵衛はというと、先ごろ勘定吟味役に取り立てられていた。

己にこのような日が来るとは、十郎兵衛は今も時折、夢を見ているのではないかと思うときがある。供をして勘定奉行の脇を歩き、今日はこれから老中の屋敷で、秋に出す新造貨幣の締めの打ち合わせである。

意次は冬の終わりの行人坂大火のあと、三万石に加増されていた。あの火事での采配に家治がいたく感心したからだといわれ、実際に江戸ではさして物の値も上がらず、飢える者も出なかった。

むろん野盗の類いが夜の町を跋扈《ばっこ》することもなく、市外からも湊からも続々と入り用の品が届いていた。

火事があまりに酷かったので、そこからの復興の早さには江戸で暮らす者たちが誰よりも驚いた。さすがは将軍家の御膝元だと、家治の評判は火事の起こる前より高まった。

「当の意次様は、滑稽本ばかり読んでおいでじゃと噂されておられるがな。おかげで書肆《しょし》も板元も、大層な繁盛だそうではないか。よりにもよって御老中様が喜んで買うてくださるとは、さぞ作る甲斐もあろう」

勘定方では意次ほど評判のよい幕閣もいない。なにせ頭の切れには四人の勘定奉行が揃って舌を巻き、経済でも政でも右に出る者はおらぬのだ。物の流れを見通す力も仕切る力も、何から何まで桁外れだが、それは公事方でも皆、同じように言っている。

その意次の主導で、幕府は七年前に五匁銀を鋳造した。だが両替なしで商いを成り立たせようとした意次の考えは当然ながら両替商の猛反発を受け、五匁銀はなかなか通用しなかった。

なにしろ両替商は京大坂、江戸ばかりではなく諸国の主だった城下に必ず幾人かはいる。その者らは藩の金子を扱い、為替や手形を振り出し、巨額の大名貸しを行っている。ただでも商人には武士の命など通用しないが、江戸や大坂の本両替商については、諸国の大名たちから勘定方へ庇いだての申し入れがあるほどだった。

結局、商人たちは五匁銀そのものに対して豆板銀や丁銀のような相場を立てたから、五匁銀はあまり用いられなくなった。

目の前で秤に載せ、いくら五匁と刻んであろうが不足は不足、いやなら他の両替屋へ行けと手を振られる。幕府の鋳った銀貨よりも、両替商が天秤の片方に載せた称錘《ふんどう》のほうが物を言ったのだ。

「御奉行。此度の貨幣は、うまくいくでしょうか」

「我らがそのような弱腰ではならぬのだろうがな」

十郎兵衛もそれは思っている。だが商人たちの結束力は鋼のようだった。

「意次様は五匁銀のときも、筋道は違うておらぬと仰せだったではないか。それゆえ此度がまたどうなろうと、方角としては我らの進んでおる道は合うておる」

それは意次が勘定方にそのように言ったからだ。

この秋に幕府が出そうとしているのは南鐐《なんりよう》二朱銀《にしゆぎん》といって、八枚で金一両になるものだ。重さは三匁に満たないので、五匁銀が十二枚で一両だったことに比べると、一枚の値打ちは高い。南鐐とは、質が良いという意味なのだ。

だがそもそも朱とあるからには、重さとは関わりがない。重さは匁、分、厘と刻み、ずっと銀貨を数えるのに用いられてきたが、これからは銀貨も金貨のように両、分、朱でいく。だから新しい銀貨は朱と打刻し、金貨のように数えて用いる。このさき銀貨を両替するのに秤などは使わない。

十郎兵衛は今になってようやく意次の見据えていた先が分かるようになってきた。江戸の金、上方の銀を同じ一つの尺を使って数えることができれば、金と銀は色が異なるだけの貨幣という等しいものだ。

そうとなれば金だけが価値を下げることもなく、両替の手間も大方が省ける。南鐐二朱銀は、銀で造る金貨だ。

「五匁銀が出た当時とは世も変わりました。今や町でも、銀を重さで数えぬことに慣れてきたかと存じます」

「ああ、そうじゃの。意次様はあのときからして仰せであった。果たして銀をそもそも秤量にせねばならぬものか、とな」

七年前、五匁銀を造ることが決まったときだ。

そしてこれからはもう銀貨は秤らない。だから五匁銀を造ったことも無駄ではなかった。あれで人々は、金と銀がどちらも貨幣なのだと気がついた。これからはそれをさらに進めて、実際に日々の売り買いに用いさせる。

意次の屋敷の門まで来ると、またすぐに用人が中へ通した。

座敷で待つ間、十郎兵衛たちはそれぞれ懐に手を入れて矢立と帳面を確かめた。意次の話は、書き留めておかねばとても全てを覚えていることはできない。

「意次様は、おいくつにございましたか」

「なんだ、不躾に」

「いえ。あまりのお働きぶりに、それがしなど眩暈《めまい》がいたすときがございます」

十郎兵衛はちょうど十年前に御天守番から取り立てられて、今年四十三である。

勘定方というのは算勘が得手の者ばかりで、十郎兵衛も引けは取らぬつもりではいるが、さすがに五年前の己よりは万般鈍くなった気もする。だというのに意次は衰えるどころか年々新しい工夫を考え出し、勘定方の御役は増すばかりだ。

多分これは他の役所でも同じように感じているのではないか。

「ふむ。儂も全く同じように考えたことがある。で、ほとんど眠られぬのだろうと思うことにした」

十郎兵衛はつい怪訝な顔をしてしまった。

「儂もな、若い時分は二晩や三晩は全く寝ずに平気だったがの」

久敬は恥ずかしそうに目を伏せた。

「御老中様はたしか儂より六つばかり年嵩じゃ。やはり並の御方ではないな」

久敬は頼もしげに微笑んだ。五匁銀も南鐐二朱銀も、この久敬が意次に具申して始まったものだ。

やがて廊下を足音が近づいて来た。障子が開き、意次が現れた。

後ろからもう一人、恰幅のよい二十歳過ぎの若者が入って来た。

「待たせた。今日は此奴《こやつ》も共に聞かせてやってかまわぬか。意知じゃ」

十郎兵衛たちはあわてて手をついた。

意次というのは気さくな質で、いつも気軽に勘定方へ姿を見せ、軽輩の者とでも直に話した。だが老中の嫡男となれば、久敬もかえってぎこちなく頭を下げていた。

「すまぬ、私が父上に頼んだのだ。私はどうも、経済というものが根のところで分かっておらぬと父上に始終言われておるゆえ」

意知に会ったのは二人とも初めてだった。

歳は二十四になるが、なんとも意次に似た顔をしていた。どれほどのものが詰まっているのかと思う張り出した額が、そっくり同じ形で十郎兵衛の前に並んでいた。

ただ意知のほうが、若いせいか優しげで穏やかな目をしていた。

「本日は思いがけぬ拝謁を賜り、恐悦至極に存じます。それがしは勘定奉行を務めております川井久敬。これは勘定吟味役の松本十郎兵衛でございます」

十郎兵衛ははっとして手をついた。ついその笑みに釣り込まれて意知を見つめていた。

「そうか、羨ましいことだ。そなたたちはきっと父上の仰せが瞬時に呑み込める頭をしているのだろうな。私はこれでも、算勘は得手なのだがなあ」

ふうと明るいため息を吐くと、意次と同じように胡座を組んだ。

意知は父が家治の一の寵臣であるにもかかわらず、格別の御役には就いていなかった。意次が家重の小姓から立身したように意知も家治の小姓を務めれば順当だったろうが、あいにく意知は家治とも、その嫡男の家基とも歳の差が大きかった。

意次ならいくらでもねじ込むことはできただろうが、どういうわけか意次はしなかった。意次自身、家重とは十歳近く離れていたのだから、それからすれば意知は、家治でも家基でも、どちらの小姓にでもなれたのだ。

だが意知はそんなことはきっと考えたこともない、僻みもなさそうな大らかな若者だった。まだ妻も迎えておらず、自身の屋敷も持たず、ずっと意次と暮らしているという。

「申すまでもないことだが、意知に気遣いは無用じゃ。おらぬものと思うてそなたらが話すのでなければ、今後一切、此奴は同座させぬ。私も暇な身ではない、此奴に手取り足取り教えてやることはできぬのでな。そのほうらの話を聞かせておくのが一番じゃと思うた」

「畏れ多いことでございます」

久敬は早速、提げてきた風呂敷包みを解いた。

中には南鐐二朱銀の打刻を描かせた紙が入れてあった。

「表に、南鐐八片を以て小判一両と換えると記します」

以南鐐八片、換小判一両と書いた長四角の絵があり、その裏側の図として、銀座常是の文字がある。常是とは銀座の御銀改役の世襲名だ。

「五匁銀よりも難しい文字が並んでおるのですね。これは見るからに値の張るものという気がします」

意知が明るい声で意次に話しかけた。

「私なら、豆銀よりもこちらを持っていたいがなあ」

そのとき十郎兵衛は意知と目が合った。

「畏れながら、下々では皆、意知様の仰せのように考えると存じます。この難解な字面はそれだけで何やら有難い気が致します」

「おお、ならば南鐐二朱銀も広まるか」

意知は屈託のない笑みで父を振り向いた。

だが意次は軽く首を振った。

「八枚で一両になる代物じゃ。下々の者はおいそれと目にすることもできぬであろう」

「そうか。豆銀のようなわけにはまいらぬのですね」

ふう、と意知が気の抜けた息を吐き、十郎兵衛たちも気が和んだ。

「ですが父上。このところ町ではしきりと錦絵などがもてはやされておりますぞ。この銀貨にも美人絵でも刻めば、皆がすぐ用いるようになるのではございませんか」

「ああ、なるほど。人の顔は無理でも、美しい花鳥風月の類いを……」

「十郎兵衛。そなたまで本気で取り合って何とする。一両の八が一の値で、そのような手間がかけられるか」

意次が呆れ笑いをしながら遮った。

「そなたもな、意知。貨幣というものは畢竟《ひっきょう》、一両ならば一両で造ることができなければならぬ代物じゃ。南鐐二朱銀を一枚拵えるのに一両も二両もかかってみよ。たちまち幕府は金座銀座もろとも潰れるわ」

寸の間、十郎兵衛は久敬と顔を見合わせた。意知は頬でも叩かれた少年のような顔になっていた。

「なるほど。貨幣とはそういう物でございますか」

意次は不機嫌そうにうなずいた。

「見よ。私の嫡男はかくの如くじゃ」

だが意知は素直に大笑いをしている。田沼家はなんとも風通しが良さそうだ。

「当家には白石《はくせき》の書き物も徂徠《そらい》の書もある。一体そなた、毎日何をしておる」

意知はちらりと舌を出して肩をすくめた。

「もうよい。そなたは黙って座っておれ。南鐐二朱銀じゃ」

意次は促すように久敬のほうへ顎をしゃくった。

「はい。やはり此度も御老中様には同じ懸念を申し上げねばなりませぬ。またしても両替商どもがどれほど楯突きますことか」

久敬はすぐ厳めしい顔に戻った。勘定方は、商人の反発を受けた幕府がこの新しい貨幣を諦めて引っ込めることを恐れている。

「ああ、そのことならば案ずるな。あれほど商人どもに疎まれた五匁銀とて、うまくいったではないか」

「いや、左様でしょうか」

久敬は困惑して十郎兵衛のほうを振り向いた。五匁銀が町人たちに用いられなかったからこそ、此度の鋳造となったのだ。

「五匁銀を造るときに申したであろう。あれは、金と銀が貨幣としては同一じゃと知れ渡れば、十分その役を果たしたのだ。諸色を購うに金を用いようが銀を用いようが、各人の勝手ではないか。それを、なにゆえ金で銀を買うてから、銀で諸色を購わされねばならぬ」

それならいっそ、銀のみにしたほうがましだ。だがどちらか一方では日の本の貨幣すべては賄えない。

意知もしみじみうなずいて耳を傾けている。意次の話はいつも万人に分かり易い。

「そうか。ならば五匁銀は役目を果たしたゆえ去りますか。なるほどなあ、後はこの南鐐二朱銀が引き受けるのですね」

意知は勘定方の書き起こした紙を手に取った。

「物事にはどうしても巡り合わせというものがあるがの。本筋さえ見誤っておらねば、いつかは必ず正しいほうへ進むものじゃ。焦って踊らされるほうへ回るか、堪えて黙々と地を踏み固める者となるか。そなたもよく考えねばならぬぞ」

「はい」

意知は素直に頭を下げている。

意次が座り直して、十郎兵衛たちをまっすぐに見据えた。

「南鐐二朱銀、大坂の両替商に無利息で貸してやってはどうかの」

真っ先に久敬が驚いてぽっかりと口を開いた。

「それは、なんと。恐るべき名案でございます」

「そうなのか、久敬」

意知が身を乗り出してきた。

久敬は意次たちの前ということも忘れて腕を組み、思案を始めた。

「銀の総元締めと申せば、大坂の十人の本両替どもでございます。彼奴らに南鐐二朱銀を大量に貸してやり、それが江戸でも他の貨幣と同じように通用するのだと分かれば……」

無利子というのだから、両替商たちはただ置いておけばいい。真実、通用するのか確かめてから使える上、もしも使えるのならば、利子もなく借銀できたということだ。

「厭がる商人など、一人もおらぬでしょうな」

ただでも商人は元手が大きければ大きいほど相場につぎ込み、それを操って利を稼ぐことができる。

「思いも掛けぬ銀が手に入るのでございます。新たな商いを始める者も出てくるかもしれませぬ」

「ああ。そうなれば一石二鳥じゃの」

意次が久敬にうなずいた。

「さすがは御老中様にございます。丁銀と比べると、南鐐二朱銀は銀を三割がた減らしております。きっと誰も取り替えたがらぬであろうと考え込んでおりました」

「左様。それゆえ、これは奥の手じゃ」

「は?」

「まだ使わぬ。苦労せずとも使われ始めるという千万が一もある」

「はあ……。しかし」

十人両替や札差相手に、さすがにそれは無理だろう。

「商人相手に、相場で互角に斬り結べる武士がおればのう。できれば大坂になど、ただで貸したくはないが」

つぶやくように言って意次は立ち上がった。どうもつい十郎兵衛たちは長居をしてしまったようだ。

「南鐐二朱銀、九月から用いる。さまざま忙しゅうなるだろうが、次は異国との商いについて考えておけ」

「異国との……。交易にございますか」

「幕府が商人との商いで儲けるのは大事なことだ。だがもっと良いのは、日の本が異国との商いで潤うことだ」

思わず十郎兵衛と久敬は顔を見合わせた。

「交易では、まず儲けるのは手練れの商人だけでもよい」

その富がいずれ日の本全体に行き渡る。それにはどんな道だろうと、まずは一本、筋を引くことだ。

「交易に用いるのは銀や銅ばかりではない。俵物《たわらもの》も大陸では大いにもてはやされておるではないか」

「はい。今や貨幣としては銅よりも俵物が上回っております」

すぐに久敬が応えた。

俵物とはいりこや干し鮑《あわび》などを俵に詰めたもので、大陸では大いに好まれている。そのため幕府は銅の代わりにそれを決済に用い、長崎などに俵物会所を置いて一手に請け負わせている。

「銅の不足は俵物で補うことができる。これについては流通の仕組みを云々する前に、俵物自体を増やす道を探ってみよ。俵物が多う手に入れば、銅の代わりが務まるかもしれぬ」

意知がきょとんとして意次に尋ねた。

「父上は勘定方にそのような工夫までせよと仰せですか。俵物といえば蝦夷でございましょう。さすがに勘定方は忙しゅうしておりますゆえ、それまで申しつけてやっては気の毒に存じますが」

「意知。私が奉行らに俵物の質を上げよと申しておるのではないことは分かっておるな」

「はい。異国との商いで貨幣代わりに用いるための俵物なのでございましょう」

「そうじゃ。ならば貨幣の工夫は勘定方の役目ではないか。干し鮑が南鐐二朱銀に見えてこそ勘定方じゃ」

十郎兵衛と久敬は笑って顔を見合わせた。

「ですが、父上。御役の合間に滑稽本の一つも読むゆとりがなければ、頭が固うなって良い智恵も浮かびませせぬぞ」

意次はふんと鼻を鳴らした。

「聞いての通りじゃ。此奴は頭を柔らかくすることにばかり熱心でな」

つい十郎兵衛たちは肩をすくめて笑ってしまった。

「意知には申したことがなかったかのう。この世には御役を果たすほど愉しいことはない。そのように思える御役を見出せるよう、そなたも励まねばならぬ」

意次の屋敷を出て神田橋を渡るとき、久敬がぽつりと言った。

「我らは強運じゃ。あれほど万事に開明の御老中に差配していただいておるとはな」

十郎兵衛は御城の天守を見上げた。

あの日、不寝番を務めた己ほど強運の者があるだろうか。十郎兵衛が勘定方に抜擢されてちょうど十年が過ぎていた。

# 第三章

## 一

江戸城本丸の北側には、西から田安家、清水家、一橋家の屋形が並んでいる。三家は御三卿と呼ばれ、田安家は先代家重の上の弟・宗武の、一橋家は下の弟・宗尹の創始で、清水家は家治の弟・重好《しげよし》が現当主だった。清水家を筆頭に将軍家に最も血統が近く、万が一のときは将軍を継ぐ御控えとして、禄高十万石といえども家格はずば抜けている。

その御三卿の田安家で安永三年（一七七四）、少しばかり厄介が持ち上がった。

田安家では先年、宗武がみまかり、世子の治察《はるあき》が跡を継いでいた。だが治察には子がおらず、弟の定信《さだのぶ》を世子にしたいと申し出があった。だが家治がそれを許さなかった。

むろん家治がそう決めたのは、老中たちが評定で下問にそう応えたからだ。家治は老中たちの裁定を覆すことは決してしない。だからその評定に従ってのことだった。

老中の評定は、もちろん首座の松平武元が主導していた。あとの面々は意次に康福、それに板倉勝清《いたくらかつきよ》、阿部正允《あべまさちか》、松平輝高《てるたか》が月番ごとに加わっていた。

ただこのとき武元は、意次と康福を呼び出していた。

清水家に次ぐ家格の田安家だ。老中の御用部屋でも武元はずっと声を落としていた。

「今般、田安治察様よりのお申し出。認めぬが筋だが、如何したものか」

認めぬと決まったこととはいえ、田安家の納得する格別の理由が必要だった。

「もともと田安様も一橋様も、上様の御控えじゃ。御養子で繋いでゆく家ではないと、吉宗公も仰せであった。だがご当人たちはそれでは得心なさらぬであろう。何か名案はないか、意次」

武元は歳は六十二になり、生真面目の謹厳だが、誰からも親しまれている仁徳者である。吉宗が家重を頼むと特別に遺言したといわれ、家治からもむろん重用されていた。

意次も、武元にはずっと引き立てられてきた。

「治察様の格別のお血筋は、継げる者などおられぬと申し上げては如何でございましょう」

断り方にも気を遣うことは意次にもよく分かっている。だがこれといって思いつくこともない。

そもそも将軍家に何かあったとき、跡を継ぐのは清水家で、その次は田安家だ。田安家が自らの独断で養子を迎えていれば、万が一のそのときはその者が将軍ということになる。

門閥では男子がおらぬとき、姫に婿を迎えて跡を継がせることが多い。そのとき婿はたいてい家格の等しい親戚筋から迎えられるが、必ずしも血筋が最も近い男子が選ばれるわけではない。

となれば御三卿といえども一度でも養子を入れれば将軍家の血筋から大きく離れていくこともあり得る。万が一のそのときに、家康の血統という本来の用を成していないかもしれぬのだ。

「万が一となれば、一からお血筋を辿らねばなりませぬ。だというのに御三卿としてどなた様かが座っておられれば、無下に退けることもできませぬ。そのような道は閉ざしておくのが当然にございます」

「御養子となれば、どのような先からたまさか入っておられるかも分かりませぬゆえな」

たとえば忠友には継嗣がなく、今年、娘の婿に意次の二男、意正《おきまさ》を迎えて跡を継がせることになった。忠友が意次と気心が知れているがゆえの養子縁組だが、水野家そのものの血筋から考えれば、意正など一切関わりはない。

もしも忠友が御三卿などであれば、意正が将軍に座る目もあるということだ。将軍家だけは決してそのようなことがあってはならない。

「吉宗公は田安、一橋両家を創《はじ》められるとき、跡目がおらぬならば、そこで終いにすると定められました。治察様に御子がおられぬならば、田安家は明屋形とすべきでございます」

御三卿が当主を欠いて明屋形となれば、家士たちは将軍家に組み入れられることまで定まっている。

それにはるかな先を見据えれば、屋形を明けておくほうがいい。家治の嫡男家基が十一代となったとき、その二男、三男が入る屋形がない。

御三卿ができたゆえに御三家は遠ざかった。御控えとはそれを繰り返していくものだ。

「意次の申すこと、尤も至極じゃ。だが此度のお申し出は、定信様にしたいとの仰せであろう」

武元がため息交じりに口にする。治察が養子にするというのは、自身の弟なのだ。

治察は宗武の五男、定信は七男である。宗武の嫡男から四男までは早世したので治察が跡目となったのだが、それは治察が死んでいれば定信が当主だったということだ。

「定信様ならば御血筋に格別、不服を申し上げるところはない」

だが武元も、そこまでして田安家を存続させねばならぬものでないことは承知している。はじめから定信だったものと、一代を経て定信になるのとでは違う。

そもそもは宗武だから将軍家の御控えだったのであり、宗武が治察にすると言ったから家治も許したのだ。治察が跡目に定まったのはまだ九代家重のときで、宗武は家治にとっては長幼で目上にあたる叔父だった。

「あいにく幕府には宗武様がたに新しく割くだけの領国はなかったでのう。それゆえに吉宗公は両卿をお立てあそばしたのじゃろう」

「左様存じます。ならば向後ますますのことでございます。御三家にも劣らぬ家を立てるなど、もはや不可能にございます」

とどのつまりは、これも位打ちだ。御三卿は領国を持たぬかわりに家格が高い。城持ちではないかわり、江戸城の一角に屋形があり、そこが火をかぶったようなときは御城の本丸で暮らす。

「どうも治察様のご容態が優れぬようで、焦っておられるのであろう。高岳《たかおか》殿を介して、儂のもとへも宝蓮院《ほうれんいん》様よりお申し越しがあった」

高岳とは大奥の筆頭老女、そして宝蓮院は宗武の正室だった治察生母である。

高岳はかつて伊達重村が中将位を望んで一橋家に働きかけたとき、重村から家を贈られている。侍女といえども奥で昇進すれば、それはそのまま表でも大層な権勢となる。

「宝蓮院様ならば、それがしのもとへもご丁寧なお品が届いておりましたが」

意次がそう言うと、康福も同じようにうなずいている。

「そうか、我ら三人ともか。ならばかえって格別に気を遣うこともないか。そこまでなさるものを、心苦しいと思わぬではないが」

「武元様。それではまさしく賄でございますぞ」

意次がからかって笑いかけると、武元は大慌てでで手のひらを振った。

「いかん、いかん。つい儂は情にほだされてしもうての。ふむ、丁寧に返礼をしておくゆえ、案じるには及ばぬ」

意次は内心苦笑していた。いちいち返礼などと考えるから面倒になる。意次はそれが厄介なので贈答の品は見ぬことにしている。

「また儂のせいで話が逸れてしもうた。それで、意次。田安卿の一件、いかがしたものか」

意次は笑って肩をすくめた。だが武元に頼りにされるのは意次にとっても嬉しいことだ。

「定信様ならば、早くから白河の松平家に御養子が決まっておられます。もはや他家の御方にございます」

白河の松平家とは久松松平家と称される家康の異父弟の家系で、家康生母の於大《おだい》の方が再嫁した久松家が松平姓を許されたものだ。あちらもまた藩主が家格の上昇を窺い、定信との養子縁組を願い出たのだ。

その折、意次にはやはり付け届けがあったが、何が贈られてきたのかさえ見ていない。どうせそれで手心を加えるのでもなく、意次は生来、物に関心がないのだから仕方がない。

「意次殿はそうは仰せられるが、定信様は養子解消を期して、今も田安屋形に留まっておられるというではないか」

康福が案じて口を開いたが、武元はもう心も定まったようで黙って目を閉じている。

その武元が重々しく言った。

「将軍家には結城秀康《ゆうきひでやす》様の前例もある。たしかに意次の申す通りじゃの」

戦国の世に家康は秀康を秀吉の養子にやり、その後、秀康は結城家へ入った。やがて家康は天下を取り、誰に何を指図される立場でもなくなったが、秀康のことはいったん他家へ出したというので徳川家に戻すことはなかった。

秀康を戻さなかったことに家康の意志があったように、定信を戻させぬことには家治の意志がある。家治は戻すなら戻せる立場だが、それを望んでいないのだ。それは吉宗が、田安と一橋をそのように定めたからだ。

「とは申せ、高岳殿を通してとなると、大奥も絡んでまいるのでございましょう。これはまた鬱陶しいことになりませぬか」

「いいや。そのようなことで左右されてはならぬ」

武元が胸を張って意次のほうを振り向く。

意次は苦笑しつつ応えた。

「高岳殿には将軍付き上臈御年寄《じょうろうおとしより》にでも就いていただいては如何でございますか」

贅沢に慣れている大奥には、位打ちが一番だ。

「田安家には、上様が種姫《たねひめ》様を御養女となさる心づもりがおありじゃと内々にお伝えいたしましょう。そうとなれば宝蓮院様も定信様のことはお諦めくださると存じます」

種姫は定信の同母妹で、当年十歳だ。家治継嗣の家基とは三つ違いである。

「如何にございましょうか、武元様」

「ふうむ。そのような手があったか。種姫様を、家基様の御台所に……」

康福が驚いて顔を上げた。

「御養女とは、ゆくゆくは家基様にお迎えするということでございますか」

「武元様、どうでございましょう」

意次に武元がむっつりとうなずいた。

「なにも宮家から迎えねばならぬと決まったものではないか」

「左様存じます」

家基は十三歳だ。そろそろ御簾中《ごれんちゅう》について考えねばならないが、大金を費やして京から迎えるよりも、ここでいっそ田安家と手打ちにしてはどうか。

田安、一橋は先代当主たちが家重とあまり仲が良くなかったために、始終、将軍家とはさざ波が立っている。定信の一件でも、元がそうだからつい互いの胸の内を探りあうようなことになる。

「ふむ。まだどちらも幼子におわす。種姫様に大奥にお入りいただき、婚礼の日を待っていただけば、おいおいご両家も真に仲良うおなりあそばすかもしれぬな」

「今ならまだ京でも、どちらの姫宮をと考えてはおりませんでしょう。あちらに不都合はございませぬ」

「なんと、なんと。これは思いもかけぬ」

武元は上半身を揺すって考え続けている。

やがて満面の笑みで意次、康福に大きくうなずいた。

「他の老中たちには儂から話を通しておく。上様にも儂から言上したほうがよいであろうな」

意次は頭を下げた。武元がつくづく頼もしかった。意次が寵臣と呼ばれぬように、つねにこうして意を尽くしてくれるのが武元だ。

「まことに忝うございます」

「いや。儂のほうこそ感服した。上様もお喜びになるであろう」

武元は上機嫌で座敷を出て行った。

＊

南鐐二朱銀が鋳造されて四年が過ぎた。相変わらず商人には嫌われているが、少しずつ市中で用いられるようになってきた。結局、出だしは大坂の両替商に無利子で貸すことになったのだが、もうこれで当分、新たな貨幣については考えなくてもよくなった。

久敬殿も、ようやくほっとしておられるかな――

夜、勘定方で帳面を繰って最後の一人になると、十郎兵衛はよくそんなことを考えた。

南鐐二朱銀を考えた勘定奉行の川井久敬は昨年みまかっていた。十郎兵衛と五つしか変わらず、まだ五十ほどだったが、あれは働き抜いて命を削ったのだと十郎兵衛は思っている。

久敬の死はいくさ場で命を落としたのと変わらない。ならば勘定方は今の世に武士が武士らしく生き、死ねる場所なのだ。

商人などに、負けはせぬ――

己にそう言い聞かせて筆を置いた。さすがにもう帰ってやらねば、門番も気が安まらぬだろう。

幕府は昨年蓄えが持ち直し、五年と定めていた倹約令を一年早く打ち切った。死の間際にそれを見届けた久敬はどれほど満足したことか。

倹約令などというものは物の流れを滞らせ、人の暮らしも心も締めつける。早く終いにすればそれだけ町に弾みがつくが、意次は難しいその舵取りを誤らない。

十郎兵衛は蠟燭の火を吹き消して、しばらく芯が冷えるのを待っていた。触って確かめてから式台まで行ったとき、月明かりの下で一人の士と行き合った。

「これは、御吟味役様。まだ火が灯っておりましたゆえ、どなた様だろうと思うておりました」

今年、十郎兵衛の下役になった土山宗次郎《つちやまそうじろう》だった。父親が勘定組頭だったせいか顔が広く、三十七歳ですでに父と同じ役儀にまで昇っていた。

豪快で派手好きだと聞いていたが、手には厚い書を持っていた。月が明るいせいで見えたが、三浦梅園《みうらばいえん》の『価原』だった。

「そのほうこそ熱心だな。何ぞ出来《しゅったい》いたしたか。私はそのほうらが今日出して行った簿帳を確かめていたのだが」

その数字を見たかぎりでは、特段のことはなかったはずだ。

宗次郎はすっきりとした笑顔を見せた。体つきは逞しいが、細面でなかなか整った顔立ちをしている。

「実は家に持ち帰っては蠟燭代がかかりますゆえ、居残って読んでおりました。別室の最後の火が消えれば切りをつけるつもりでしたが、御吟味役様であられたとは」

軽く書を振って笑ってみせた。

「その書ならば私も読んだ。どうだ、面白いか」

「はい、まことに」

刊行されたのはもう三年前になるだろうか。

梅園というのは豊後国の鄙で私塾を開いているそうで、医師でもあり本草の博士でもあるという。儒学に異国の学問を加え、『価原』では、物の値とは何か、政では何をするべきかが記されている。

「これほど分かり易い書もございませぬな。貨幣は物と換えることができる。時が経てば利子を生み、蓄えもきく。それゆえ政は、貨幣と物、利子、賃銀の三つが等しくなるように務めねばならぬと書いてありました。いや、御高説ごもっともにございます」

おどけて書に頭を下げてみせた。

「それがしは、物に値があることなど疑うてみたこともございませんでした。ですがなるほど、物の値ということから考え始めれば新たな地平が開けるのですな」

十郎兵衛は目を細めた。当たり前に思えることに疑いをもち、そこから問い直せと梅園は書いている。

宗次郎は同好の士とでもいうように笑いかけてきた。

「うつむいて書ばかり眺めておらず、天地の中に真理を求めよとは、いや全く、仰せの通りでございます」

宗次郎というのは人見知りをせぬ質らしいが、物怖じせずに話すところは天守番だった頃の己に似ている。

十郎兵衛はまたぞろ久敬のことを思い出した。久敬だからこそ、こんな下役の十郎兵衛に目をかけてくれたのではなかったか。

「書を読む合間にでも、俵物について考えてみぬか。良い案が思いつけば、聞かせてほしい」

「俵物?」

もしも久敬に思い残したことがあるとするなら、意次から聞かされた蝦夷地のことかもしれない。久敬は彼の地へ金山を探しに目付を送ったことがあるが、箱館より先へは松前藩の者たちが行かせず、ほとんど何もできなかった。

勘定方では吉宗の時分からずっと、こんな働き方をしている。商人たちを組み伏せるため、頭の回る者を家柄によらず取り立てる。

先例のない試みでも、何か長所があればやってみる。駄目なら意地は張らずに引き返し、別の手を考える。力を注ぐ場所も、撤退のときも安心して委ねられる意次という後ろ盾がいる。

十郎兵衛たち勘定方は、その意次の手足の一つだ。

「俵物といえば蝦夷でございますか。ならばそれがし、松前藩には懇意にしておる勘定奉行がおりますので尋ねてみるといたします」

「なんと、それは思いがけぬ。真か」

「はあ。狂歌仲間とでも申しますか」

宗次郎は指で頬を掻いている。

富裕な商人たちが集まっては句会や歌会を開いているとは十郎兵衛も聞いたことがある。だが勘定方にもそんな者がいたとは知らなかった。

「狂歌は夷歌《えびすうた》とも言うほどで、狂歌師の中には蝦夷に憧れを抱いておる者が多うございます。それゆえ蝦夷の話はよく耳にいたします」

とくに宗次郎は雄大な蝦夷に関心があり、松前の話を集めているという。

「乾鮭《からざけ》など、夷仁《アイヌ》が売りに来たものを松前藩士は難癖をつけて買わぬそうでございます。すると夷仁は持って帰るのも手間だと申してその場に捨てて行くのですな。それを後で拾って干せば俵物に化けるとか。元手のかからぬ、商いとも呼べぬぼろい稼ぎをしておると聞いたことがございます」

宗次郎はどうということもなさそうに口にした。

「なんと……。そなた、なぜそれを我らに話さぬ」

「は？　このような話をなぜわざわざ御吟味役様にお聞かせするのです」

「そなたも勘定方ならば、俵物は交易で貨幣代わりになることを存じておるであろう。それを夷仁は、捨てるほど持っておるというのか」

「ですが蝦夷のことでございます。あまりにも遠く、真偽も確かとは……」

「まあ待て」

十郎兵衛は宗次郎の肩を押さえて、式台に腰を下ろさせた。そして己はその隣に膝を突き合わせた。

「まさかそなた、狂歌仲間とやらに役儀の話を筒抜けにはさせぬだろうな」

宗次郎はくすりと笑った。

「それがし、このように浮ついてはおりますが、御役御免は真っ平御免」

真面目な顔をしてみせて、それを照れたようにまた頰を掻いた。

「御老中様が以前から俵物をなんとか工夫せよと仰せであった。工夫とは、分かるであろうな」

「交易で、阿仁銅山の代わりになる道を繋げということでしょうか」

「そうじゃ、その通りじゃ」

思わず十郎兵衛は膝を打った。梅園を自ら読むほどの士だ。頭が鈍いはずがない。

「蝦夷地は遠いが、異国との商いに用いるためなら、御老中様は大がかりな手も打ってくださるはずじゃ」

松前藩の湊の一つや二つ、意次ならば上知してくれる。そうなれば乾物も松前藩を通して細々と手に入れなくても、夷仁からじかに仕入れることができる。さらに、夷仁を使ってもっと多く作らせることもできるかもしれない。

「蝦夷地の奥には、まだまだ手つかずの平野が広がっておるとよく聞いておりますが」

「まずはそなたの調べ次第じゃ。田沼様という御方は、それが正しいとお思いになれば、じっくりと腰を据えてやらせてくださる。前例や格式に囚われなさることもない。新しい道を拓くにはしくじりがつきものということもよう分かっておられる。必ずや聞き捨てにはなさらぬぞ」

宗次郎は驚いて目をしばたたいている。

「そのほう、本気で調べてみよ」

宗次郎が慌ててその場に正座をし直した。

これは久敬の導きだ。十郎兵衛はやはり蝦夷のことを久敬に託されたのだ。

十郎兵衛はひそかにそう思っていた。

二

安永五年（一七七六）四月、家治は日光社参を終えて武蔵国岩槻城に入った。往路に続いて帰りも一晩泊まることになっていた。

岩槻藩の藩主は四年前まで奏者番を務めていた大岡忠喜《ただよし》である。家治と同年の生まれで四十歳になり、父が家重の小姓から若年寄にまで昇った忠光だ。

父の重用からして自身も家治の小姓に任じられてもよかったのだが、忠光が死ぬまで御城勤めはしなかった。そのあたりが、意次が意知を御城に近づけぬところとよく似ていた。

往きは家治が忠喜とゆっくり話したいと言ったので、供の意次たちも同座はしなかった。ただ忠喜のもてなしはまさに藩をあげてのもので、帰路でもそれは変わらなかった。

家治とともに夕餉の膳を囲み、広間はそのまま酒宴になった。とはいえ家治に忠喜、そこに意次と武元、康福が加わっただけだった。

意次は先年、妹の子を自らの養女として、忠喜の継室にしていた。だが十年にも満たずに離縁となり、当のお八千《やち》はとうに江戸へ帰っていた。

まずはそのことを詫びねばならぬと考えていたところで忠喜と目が合った。おおかたのことは相役の老中たちは知っているので、意次から忠喜に微笑みかけた。

「忠喜殿には申し訳ないことをした。お八千のことではご心痛をおかけした。お八千は我が儘な育ちで、どうも勝手が過ぎましてな」

「そのような、滅相もないことにございます。それがしが至りませず」

家治が明るく首をかしげてみせたので、意次は上段のほうへわずかに向き直った。

「それがしの娘を忠喜殿が継室に迎えてくださっていたのですが、どうもお八千め、忠喜殿とは芝居の話ひとつできぬなどと申して夫婦別れいたしました。参勤が明ければ飛ぶように岩槻へお帰りになる、さては絶世の美女でも側室に抱えておいでかと勘繰っておったところ、芋であったと憮然と致しまして」

「芋?」

ああ、と武元が膝を打った。

「甘藷《かんしょ》であろう。忠光は大御所様と仲良う育てておったわ」

「左様でございます。その芋でございます。お八千め、側室ならば張り合いもある、それが芋に負けたとあっては気力も失せたなどと申しますもので。これはつくづく忠喜殿には釣り合わぬと思いましたゆえ、離縁させたのが四年前でございます」

座がわっと沸いた。お八千には気の毒だが、真実だったのだから仕方がない。

「そうか。忠喜も、女よりも甘藷か。父上がここにおられれば、さぞお喜びあそばしたであろう」

「勿体ない。それがしなど」

忠喜はひたすら小さくなっている。

「しかし四年前と申したか。ならば余が五十宮を亡くしたと同じ時分ではないか」

皆がはっとしたが、家治は気遣うなという様子で朗らかに続けた。

「やはりそなたと余は格別の縁があるのかもしれぬなあ。互いに同じときに妻を失うたのだな」

「おお、確かに。上様と忠喜は同じ元文二年の生まれでございましたな」

武元に笑いかけられて忠喜がようやく口を開いた。

「それがしの母は生涯父に、上様と同じときにそれがしを授かったことを褒められたと申しておりました。さもなければ赤子の成長ぶりなど分からぬゆえ、役に立ったと。ですが一年も経たぬうちに、幼い上様のあまりの御聡明さに、果たして我が子は同じ年の生まれかと首をかしげるようになったそうでございます」

家治が真っ先に笑い声を上げた。

「そうか、忠光は内ではそのような軽口も申したか」

「いえ、軽口ではございませぬ。それがし、上様より半年遅く生まれておりますが、上様のなさることが半年経っても全くできるようにならなかったと、幾度言われましたことか」

意次は心底愉しくなった。

「忠光様のお姿が目に浮かぶようでございますな、上様。滑稽話をして人を笑わせるようなことは一度もなさいませんでした。さぞ真剣に小首をかしげてお悩みになったことと存じます」

「あの忠光ならば、さもあろう」

武元が大きくうなずいて、上段の家治のほうへ身を乗り出した。

「郡上一揆の裁許の折、意次が忠光を手本にしておると申しましてな。それがし、なにやら無性に嬉しゅうて忠光に伝えたことがございます。あのときばかりは忠光も喜んでおりましたなあ」

郡上一揆といえばもう二十年近くも前のことだ。さすがに武元は六十を過ぎた今も頭は冴え冴えとしている。しかもこの天真爛漫な人柄は、あの時分から全く変わらない。

今夜は忠喜もいる。意次はどうしても家重たちがいた時分のことばかり思い出した。

人はなぜ身に余る位や物を望むのか。忠光が生涯苦しい道を歩いたのも、忠光がそれを欲しがっていると周囲が決めてかかったからではないか。

意次は慌てて目を擦りつけた。すんでの所で涙がこぼれかけた。

家治が上機嫌でからかってきた。

「意次は忠光を手本としておるわりに、大層な賄で蔵が建つと落書に描かれたそうではないか。大きな殻を背負うたまいいないいつぶろ、島津の紋所が付いておったらしいが、余はそなたのことではないかと思うておる」

意次も笑ってうなずいた。

「それがし、付け届けは片端から献残屋へ持ち込み、その金子を相良の町造りに回しておりま
す。品物は見もせぬのですが、いっこうにその噂は相手の耳に入らぬようでございます」

「献残屋？　なんだ、それは」

「おお、それは上様はご存知あられぬわ」

武元が大きく笑い、康福が代わりに言った。

「付け届けなどが重なりました折、買い取らせる店にございます。献残屋ではそれを再び他家
に売りますが、元値よりは随分下がっておりますゆえ、皆がそれぞれ得をいたします」

「なんとなあ。江戸にはそのような商いまであるのか」

家治はつくづく感心していた。

武元が盃を傾けつつ尋ねた。

「して、意次。そなたは相変わらず貰いっぱなしか」

「と申すより、それがしは置きっぱなしにございます」

わっと家治も笑った。

「今宵は、いつになく酔いが回るようじゃ」

小姓が酒を注ぎ足している。

意次は次から次へと懐かしいことを思い出した。

「実はそれがし、退隠なされた後の忠光様に会いに行ったことがございます」

意次は一度でも見聞したことは大概忘れぬという得な頭をしている。忠光とのやりとりとなれば尚更である。

「忠光様が退隠なされば、大御所様の御用取次を務めるのはそれがしでございます。それゆえ、何かそれがしに仰せになっておきたいことはないかとお尋ねいたしました」

「さもあろうなあ」

武元がふと遠い目をしてうなずいた。当時を知るといえば武元だけだ。きっと武元にも思うことはあったのだろう。

「それまでずっと忠光様は、どれほどの怒りを胸に押し留めてまいられたことか。それゆえ、その者の名でも聞き出して、それがしが天誅を下してやるつもりでございました」

「おお、そなたならば、さぞ巧くやったであろうな」

武元は頼もしげな顔をした。

だがくすりと家治が笑った。

「忠光のことじゃ。そのような名は一つも口にせぬであったろう」

「仰せの通りでございます。誓って他言はせぬと申しましたが、そのような者はおらぬと仰せになりました」

忠喜がじっとこちらを見ていた。なんと忠光に似ていることか。

「そうか。父上がまたうどと言い残された意次にも、忠光は話さなかったか」

家治は盃を手にして宙を見上げた。

忠喜だけが何か腑に落ちぬ顔をしている。

「どうした、忠喜」

「はい。あの、では上様も意次様も、大御所様のお言葉をお聞き取りになることができたのですか」

意次は家治と笑みを交わした。あのとき、すでに忠光はいなかった。

「意次は、またうどの者なり――。大御所様はたしかにそう仰せであった」

家治が厳かに言ってそっと頭を下げた。武元と康福、そして意次たちも手をついた。ここに今、あのときの家重がいるような気がした。

「忠喜。余は幼いとき、いっときは大御所様の言葉を聞き取ることができたのだ。あの時分は、大きゅうなったら忠光を助けてやろうと思っていた」

「勿体ない。我が父を、と仰せでございますか」

家治がうなずく。

「幼子がほんのいっとき見た夢だったかもしれぬ。今にして思えば、余は決して独力で父上の言葉を聞き取っていたわけではない。父上がお語りになり、それを即座に忠光が直して聞かせる。それをずっとそばで聞いておったゆえ、ああ、これは穴熊と言うておられる、今のは飛車じゃと、少しずつ覚えていっただけだ。忠光がおらねば、余には何一つ聞き取ることはできなかったかもしれぬ」

家治は忠光のように聞き取っていたわけではない。ただ家治は点を結んで聞き取り、それを家重の言葉だと宣《の》べることが許されていた。

「意次はまたうどの者なり——。そのように仰せでございますかと問うと、父上は力強くうなずかれた。またうどなどと、ただでも聞き取りにくいが」

「まこと、お懐かしゅうございますなあ」

武元が洟をすすり上げた。

「いや、お許しくださいませ、歳を取ると、どうも弛んだことでございます。しかし大御所様と忠光には、それがしも苦労をかけ申しました。いつまでも、どうにも忠光がお言葉を解しておるとは信じられませぬでな。いやはや、そなたの父には、儂は真に心の足らぬことをした」

「何を仰せになられます。それがしが奏者番を務めておりましたとき、武元様には、忠光の子じゃと仰せいただいて、どれほど御目をかけていただきましたことか」

忠喜は勢いよくそう言ってがばりと頭を下げた。畏れ入ったあまりに障子の傍まで飛び退っていた。

思わず意次は家治と目が合って、同時に声を上げて噴き出した。

「なんと懐かしいさまじゃ。忠光もよくそのように飛び退ってな、障子がいつ蹴破られるかと怖がって、震えておったぞ」

忠喜が慌てて障子を振り返り、皆がまた笑った。岩槻の夜は、家重と忠光までいるかのようだった。

＊

土山宗次郎を知った明くる日に、十郎兵衛は宗次郎を己の直の下役にした。聞けば聞くほど宗次郎ほど蝦夷地に詳しい者はおらず、宗次郎の交友を通じて十郎兵衛の元には随分と蝦夷地の話が集まり始めていた。

十郎兵衛と宗次郎は、このところは手分けして蝦夷地について意次に見せる書付を作っていた。

十郎兵衛は本気で蝦夷へ見分の者たちを送ることを考えていた。それも松前藩でさえ手をつかねて放り出しているという奥蝦夷へである。

「松前城下は縦三十八町に横十町余。一万人が暮らしておるのか。江戸にいながら、知る者は知っておるのだな」

松前藩の差配している土地など、広大な蝦夷地の半分にも満たないという。湊も数えるほどしか使っておらず、奥蝦夷と呼ぶ広大な原野には、夷仁が合わせて数千しかおらぬらしい。

たしかに夏なお霜も降りる寒冷の地だが、なにもずっと氷に覆われているわけではない。松前藩を除けて、夷仁とじかに商いを始めてもよいではないか。

だいたいが松前藩は藩といっても格は交代寄合で、参勤も五年に一度、たった半年の在府である。幕府がいくらでも指図できる相手なのだ。

「話の出処となった者らの来歴は、それほど詳しゅう記さずとも宜しゅうございますか」

「そうだな。だが名は残らず書いておけ」

「畏まりました。ならば、まずは松前藩勘定奉行、湊源左衛門《みなとげんざえもん》」

宗次郎が蝦夷地について知るきっかけとなった、たまたま親しくしてきたという松前藩士だ。

「次に平秩東作《へづつとうさく》……。これは狂歌の通り名でございますゆえ、屋号の稲毛屋のほうで書いておきますか」

「いや。意次様には狂名のほうが通りが良かろう」

宗次郎はくすりと笑って、どうやら東作の名の上に印を付けたようだ。

狂歌師というのは数多の本を読み、人とも会うそうで、宗次郎は松前藩の者とも親しくしている。彼の地でいかに巧みな抜け荷が行われているか面白がって聞いているうちに、蝦夷地そのものに惚れ込んでしまったのだ。

「あとはやはり飛騨屋久兵衛《ひだやきゅうべえ》でございましょうな」

飛騨屋は蝦夷地で唐松の伐出しをしている大店《おおだな》だ。すでに三代目で蝦夷地や奥州にいくつも支店を持ち、松前藩に大名貸しもしている。

だがもとは飛騨で材木を扱っていたといい、初代のときにその美林があだとなり、無理やり天領にされてしまった。それで暮らしが立ちゆかなくなって蝦夷地へ引き移ったが、かえって柾目の美しい唐松が手に入り、今では松前藩どころではない手広い商いをしている。

「松前藩と連《つる》むよりは飛騨屋のほうが得策かもしれませぬ。幕府相手に儲けたいのは松前藩も飛騨屋も同じですが、どうも松前藩は足下が透けて見えると申しますか」

「しょせんは侍ゆえな。商いなど、やり慣れぬのであろう」

「しかし松前藩には一年で一万両にも上る運上金《うんじょう》が入っておるとか。それからすると、商い次第で巨利を生むだけの品が彼の地にはあるということでございます」

抜け荷に大名貸しときな臭い話だが、意次ならばきっとその辺りのことも分かってくれるはずだ。

藩では家士たちに土地を分け、そこで夷仁との商いを自由にさせている。その利得を給米の代わりとし、運上を年貢としていることを十郎兵衛は初めて知った。

むろん家士に分け与えず、藩主自らが所有する土地もある。どのみち産物の豊かな良港の類いは、ことごとく藩が押さえているのだろう。

「交易で銀や銅の代わりになる俵物ではないか。蝦夷地では捨ててあると申すのだから、巧く運ぶことさえできれば大層なことになるぞ」

「はい。他にも何が落ちておるやら分かりませぬな」

宗次郎は山師の顔つきで笑っている。だが蝦夷地を拓くともなれば、ただの土では到底つとまらない。

「乾鮭を捨てると申すからには、代わりに食う物があるのだろう。そもそも川も森もあるのだからな」

「はい。獣もおりましょうし、耕せばどのような土地に化けるやら」

そう言うと宗次郎は余白に数を書き始めた。

「まだ確《しか》とは分かりませんが、蝦夷地は広さ一千万町歩《ちょうぶ》。少なく見積もるとして、その十が一では、なにがしか作付けができるのではございませぬか」

となると百万町歩だ。

「一反一石で一町十反と数えますと、一千万石。ですが寒冷の地ゆえ、半分しか生らぬとして、五百万石が見込めるということでございますな」

「五百万石が加わるか……」

幕領は今、合わせて四百万石ほどである。それが巧くいけば倍を超す。

「その土地が手つかずか」

「左様にございますな。蝦夷地におるのは商人ばかり、百姓はおらぬということでございます」

「夷仁を百姓にするか」

宗次郎が首をひねった。

「こちらでも浪人どもであれば、支度金を出してやると申せば飛びつくはずでございます」

己も行きたいぐらいだと宗次郎は笑った。

「そうか、宗次郎も行きたいか」

「そうですな。この上申書ができた暁には、ぜひ巡見使に加えていただきたいものでございます」

十郎兵衛は微笑んだ。そのためには早くこれを仕上げることだ。

「御老中様はお聞き届けくださるでしょうか」

「ああ、必ずや。これの出来次第だがな」

十郎兵衛は宗次郎の手元へ顎をしゃくった。これほどの話を意次が聞き捨てにするはずはなかった。

三

家基の一行が御城を出た後、意次は御用部屋に戻って松前藩からの御伺書に目を通していた。

昨安永七年（一七七八）六月、赤蝦夷と呼びならわしてきた魯西亜《ろしあ》が厚岸《あつけし》に来航し、松前藩に交易を求めてきた。

厚岸とは国後《くなしり》や択捉《えとろふ》といった島々の連なる手前にあたる東蝦夷最奥の湊である。藩は魯西亜には幕府の許しが要ることを伝え、一年後に返答すると言って立ち去らせたという。

もう午どきかな――

意次は書付を文机の端へまとめながら、今、家基はどの辺りだろうと思い浮かべてみた。

魯西亜との通商は断る。なにしろ日の本には家康の定めた通り、国是の鎖国がある。

だが真実それでいいのだろうか。あるいは、こちらがそう返答したところで、向こうはあっさり引き下がるのか。

家康の決めた鎖国は、南蛮との関わりを言ったのだ。魯西亜は含んでおらぬとして、交易の道を探るべきか。

ともかくは一旦拒み、その間に北方については詳しく調べねばならぬ――

ため息を吐いて立ち上がり、障子を開けた。

気のせいでなく、御城は常よりも静かである。家基が御城を出ているからだ。

家基は十八という若さもあり、御城を出るのを楽しみにしていた。嫡子という立場も、将軍よりは身軽だった。

ちょうど一年前の今時分、意次は家基の千住筋御成に供をした。

――意次。父上は次はどこへ御成をなさる。

あのとき家基は道中ではしゃいでそう尋ねてきた。

その二月前に家治が小松川筋を訪れ、大いに満足して御城へ戻っていた。そのとき家治が家基にも勧めて、すぐあの御成は決まったのだった。

家基は将軍家の唯一無二の継嗣だ。生い立ちには一点の陰もなく、文武両道に秀でて性質も良い。

意次は実際、家基にどんな不足も感じたことはなく、明日からでも将軍になる姿がはっきりと目に浮かんだ。

将軍は家臣の上に立とうとして立つのではなく、どこまで下に委ねきるかが勘どころだ。それを家基は自然に身につけていた。

いや、実は上様が懐に抱き、赤子の時分に言い聞かせなさったのかもしれぬ。

意次はふとそんなことを考えて笑いを噛んだ。

――上様は、次は本所筋へ御成あそばされる由にございます。昨年の小松川筋も、次の本所筋も、吉宗公がたびたび鷹狩りに出られた鷹場が近在にございます。

家治の御成は鷹場の巡見も兼ねているのだと言うと、家基は目を輝かせた。

――父上は、鷹狩りとはいくさ備えだと仰せだった。

――左様にございます。勢子《せこ》が追い立て、飛び立った鳥が大空へ舞い上がる刹那に鷹を放つ。勢子は味方の軍勢、飛び立った鳥が敵将であり、鷹は家基様の手駒たる譜代の将。鷹は鋭い嘴も鉤爪も持っておりますが、いかに放つかにかかっております。

――父上は緩急の呼吸を学んでおられるのか。

――はい。大将が恐れずに馬を近づけ、間合いを計り、方角を読んで鷹を放つ。鷹を活かすも殺すも、放つ者次第でございます。

じっと耳を澄ましていた家基は、いかにも聡い少年といった顔つきで力強くうなずいた。

――ならば意次、私も早う鷹狩りに連れて行け。

あのとき意次はにっこり笑って後ろを振り返った。御城の向こうを指さすと、家基もそちらへ目をやった。

――この千住筋、南へまっすぐ下れば、品川、新井宿《にいしゆく》、六郷、川崎。京まで続く東海道にございます。六郷には御拳場《おこぶしば》と申す将軍家の鷹場の一つがございます。

六郷川はかつては百二十間にも及ぶ橋が架けられていたが、今は舟渡しである。辺りには羽田村という小さな漁師村があるばかりの鄙だ。

だが家基はわっと歓声を上げた。

――では、私は次は六郷へ行くぞ。さては私がそう言い出すのを見越して、意次はこの千住筋へ連れて来たか。

意次は肩をすくめて微笑んだ。

――そうか。鷹狩りとはいくさゆえ、父上も熱心になさっているのだな。獲物のそばまで駆けて、果敢に鷹を放つか。

そうして一年、家基は六郷へ行く今日の日を待ちわびていた。童が縁日を待つように、この日を指折り数えていた。

意次たち幕閣にとって、家治や家基が御城を出るほど案じられることもない。だがあの嬉しそうな顔を見れば、恐れも支度の手間も瞬時に吹き飛んだ。

意次は御庭のそばまで畳廊下を歩き、縁側に胡座を組んだ。さすがに今日は家基のことばかりを思うのが己でも可笑しかった。

意次は今、六十一歳だ。多分、家基が将軍になる姿をこの目で見ることは叶わぬだろう。我ながら呆れてくすりと笑ったときだった。馬の蹄の音が空から降るようにして聞こえてきた。

だがまさか御城の門を通って騎馬がそのまま入って来るわけはない。だというのにいやに高く大きく響く。

耳鳴りかとこめかみを軽く叩き、はっとした。確かに馬だ。一騎、いや三騎ばかりだろうか。大手橋を越え、下乗橋を渡り、表玄関門まで来たか。

意次は即座に立ち上がると、小姓に中奥から忠友を呼んで来るように命じた。忠友は一昨年、若年寄から側用人に任じられ、今の刻限は家治の御側にいるはずだ。

「急ぎ、老中の御用部屋へ来るように伝えよ。意次が火急の用件じゃとのみ申せ」

そう言って意次は御用部屋へ大股で戻った。

どんな使者も騎馬のまま御城の門を潜ることはない。それがもしも門を守る鉄炮も長柄槍も蹴散らして入ったとすれば尋常のことではない。

家基の供に出た幕閣は誰と誰だったか。いや、残りの幕閣も馬に気づけばすぐ登城する。城にいる者はすぐ意次を探すだろう。

御用部屋の襖を開けると、中にはまだ誰もいなかった。だがすぐに武元が現れ、続いて輝高も来た。二人ともすでに顔が強ばっている。

そこへ忠友もやって来た。不可解な顔をしていたのも初めだけで、一同を見回すと口を開きもせずに腰を下ろした。

すぐに畳廊下を駆けて来る音が聞こえた。二人、いや三人だ。

どこでどんないくさが起ころうと、たとえ宮中で何があろうと、騎馬は一旦は門で止まるものだ。それをしなかったのは、今この御城におらぬ将軍継嗣の身に何ごとかがあったからだ。

「御免」

障子を開いて入って来たのは、康福と奥医師の千賀道隆だった。

道隆は綾音の養い兄だから意次とも行き来がある。此度の家基の鷹狩りに康福ともども同行した一人である。

「何ごとか」

武元が低い声で尋ねた。その声は僅かに震えていた。

「家基様、ご昏睡。息はございますが、全く御目を開かれませぬ」

「どういうことだ」

「御鷹場にて御馬を駆けさせられた直後、落馬なさいました。すぐ立ち上がられ、御心涼やかにおわしましたが、大事をとって御休憩所にお戻りいただきました」

皆、固唾を飲んで耳をそばだてていた。六郷の御拳場での休息所は品川東海寺だ。

「格別のこともなくお戻りあそばしました。ですが御座敷にて白湯をお召し上がりいただいた刹那、仰向けにお倒れになりました。以来、呼びかけにもお応えあそばしませぬ」

今、家基には別の御医師が付き添っている。道隆は状況を伝えるために戻って来たのだ。

「よもや白湯に何ぞ、仕込まれておったのではあるまいな」

武元の問いに、康福が即座に首を振った。

「御鷹場のこととて、それがしが先に同じ白湯を頂戴いたしました。その後でお召し上がりいただきました」

毒などの類いではない。いくさ場では手持ちの竹筒から出すが、一つの湯呑みで御側が先に飲むのが慣例だ。

「道隆」

意次は睨みつけて顎をしゃくった。

道隆は一つうなずくと、臆さずに口を開いた。

「家基様は頭を打たれました。そのようなときには、外見には平静でも、頭蓋には血が溢れておることがございます。人は一刻余りは清明に過ごします」

高い所から落ちたとき、投石に遭ったとき、同じようなことが起こる。意次は少しならば医術の心得もあるが、これはそんな心得も要さぬことだ。

「道隆。安静にされておればお目覚めになるのか」

道隆は唇を引き結び、睨むように意次を見返している。

「そのほう、どうなのじゃ。はっきり申さぬか」

武元が怒声を上げて立ち上がった。だが道隆はそれにも睨み返した。

「日頃からあれほど鍛錬を積んでまいられた御方でございます。今はまだ、周りの声は御耳に届いておると存じます」

武元が愕然と膝をついた。

「ともかくは御城へお戻りいただかねばならぬ」

東海寺の脇には川がある。だがむろん御城まで一筋で戻れるわけはない。城下で川止めなどをすれば、噂は川から海へ出て上方にも届く。

「大番組に幔幕を出させ、街道筋ことごとくに覆いを付けよ。東海寺から御城までじゃ。このこと、何ぞ騒ぎたてれば侍だろうと百姓だろうと斬って捨てると辻々で申しておけ。家基様には街道をお戻りいただく」

将軍家が慌てふためくわけにはいかない。

安静にしなければならぬなら、丁度よい。

「にわかな腹下しで御鷹狩りはお取り止めになったとでも申しておけ」

老中首座の武元も、一同も揃ってうなずいた。

「康福、道隆。そなたらは伝えに戻れ。腹下しじゃ。急ぐが、慌てておるとは思わせるな。幔幕はこちらから出して行く。それが届けば出立せよ」

康福たちが座を立つと、意次は忠友を振り向いた。

「承知いたしました、それがしが大番組に幔幕を張らせます」

「頼んだぞ。上様には我らが申し上げる」

武元が怯えたように意次を見つめてきた。

「さあ、参りますぞ」

「意次。儂は……、信じられぬ」

「はい。上様もそう仰せになりましょう」

輝高にそっと目をやると力強くうなずいていた。

「表は引き受けた。頼むぞ、意次」

「承知いたしました」

武元がどうにか立ち上がると、意次は傍らに寄り添った。寸の間、意次も眩暈がした。

「意次……」

意次は黙ってうなずいた。

家治が武元を爺と呼んでいたので、家基もずっとそうしていた。もう四十年余の昔から、武元ほど家治の成長ぶりに喜んできた者はなかった。

家基が生まれたときも、武元は幾日も嬉し涙を溢れさせていた。ついには家治にまで、老中の役目は赤子の泣き真似をすることではなかろうと苦笑されたのだ。あの時分の幕閣は一人残らず、武元が懐にずっとでんでん太鼓を入れ、一人でも振って笑う姿を知っている。

中奥御座之間へ入ると、すでに家治が上段に座っていた。何ごとかがあったことには気づき、だが急いて表までは来ない、動じぬ鑑のような将軍だ。

意次が淡々と伝えるのを家治は辛抱強く聞いていた。

「ちょうど東海寺を出立なされる時分かと存じます。順次、知らせが参ります」

家治は眉根を寄せてうなずいた。

「二人にはすまぬが、この目で見るまでは信じることはできぬ。それまでは何も申せぬ」

意次たちこそ何を応えることもできない。

家治は表御殿へは行かずに西之丸へ渡った。家基が昏睡しているならば帰城の挨拶に本丸を訪れることはない。家基の住まいである西之丸大奥に留まることになる。

それから一刻半ほどで家基は江戸城へ戻って来た。西之丸大手門を入り、輿はそのまま家治の待つ西之丸表へ来た。

床《とこ》を伸べた畳ごと、家基は座敷に横たえられた。

家治は枕辺に顔を寄せ、耳元で家基の名を呼んだ。顎にまでかかっていた布団をそっとずらし、静かに頬に触れた。

家基はただ午睡でもしているような穏やかな顔で目を閉じていた。頬は常よりも赤いほどで、口許には笑みさえ浮かんでいるように見えた。

「家基……。目を開けぬか」

家治は鬢にうっすらと付いていた砂粒を払い落とした。

「そなたがおらぬようになれば、私はどうすればよい。なあ、そなたの他には誰もおらぬのじゃぞ」

くっと家治が唇を噛んで嗚咽《おえつ》を堪えた。

意次は静かに立ち上がった。武元と同時のことだった。

意次と武元はそのまま無言で、長い西之丸からの道を本丸まで戻った。

御城に戻って三日の後、家基は目覚めぬまま旅立った。十代将軍唯一の継嗣、まさにこれからという十八の春だった。

この十日余り、幕閣は月番も非番もなく評定を続け、葬儀は四月と決まった。

だが家治は床からは出ているものの、表へは一度も出御がなく、御側の者もほとんど声を聞かぬというほど消沈していた。幕閣の中では武元が気落ちのあまり病になり、もうずっと評定に顔を出していなかった。

誰もが足が重く、意次も中奥へは行かなかった。家治の籠もる大奥へは出御を願う使いも立てなかった。

未上刻が過ぎ、輝高が肩を落として下城すると、詰之間には意次と康福、忠友だけになった。暗闇を彷徨《さまよ》い続けているのは皆が同じだ。刻限通りに下城しても、明日になればまた登城するだけの繰り返しである。

「上様には他に男子がおられませぬ。次は……、どなた様となりましょうか」

忠友がぽつりと言った。誰もが考えねばならぬと思っているのはそのことだ。

「まだそのようなことを考えるべきではない」

意次はそう応えたが、康福が真っ先におやという顔をした。

「忠友殿の仰せの通りと存じますぞ。意次殿らしゅうもない。上様にお考えいただくには酷じゃ。我らが補佐せず、なんと致します」

だが三人とも己の膝先を見つめ、あとはため息を吐くばかりである。

「意次殿……」

「そのようなことを思うておれば、顔に出る。上様のお顔が真っ直ぐに見られぬようになるぞ」

「とは申せ……」

康福と忠友にしてみれば、それを考えているほうが気が紛れるのだろう。

だが要らぬことだ。

「将軍家に継嗣がおらぬでは済まぬ。だが今は考えるときではない」

「ですが」

「思い違いをしてはならぬ。我らには上様がおわす」

家治の正室、五十宮が死んだとき、いつまでも泣き続けてかまわないと言った意次だ。此度もそれは忘れない。ただどうにも身体に力が入らない。

「ならば上様のお出ましをお待ちするだけでよいのでございますか。それがしは、いつ意次様が奥へお渡りあそばすかと、それをのみ待ち望んでおるのでございますが」

忠友が言い募る。だが意次は首を振った。

意次と康福はともに六十を過ぎた。十よりもっと年若い忠友には、今になって跡取りを喪った家治の絶望が分かるだろうか。

康福がうつむいたままつぶやいた。

「やはり上様のご気力が戻るのをお待ちするしかないか」

「懸命にお声掛けしてお出ましいただいても、それで政がおできになるか」

将軍の政は思いの伝わる声音と佇まいだ。はるかな下座の、顔などろくに見えぬ小大名まで威厳に震わせる立ち姿だ。それが分かっているから家治は出て来ないのだ。

「私は意地でも、次の将軍のことは考えぬぞ。我らには上様がおわす。不足などはない」

意次は言い捨てると立ち上がった。


家基が死んで二十日余が経ち、意次が誰にも何も言わず、心の中でひたすら待ち続けていた日の夜が明けた。

昨夕から降り始めた春の雨は夜半を過ぎる頃に止み、まぶしいほどの朝日の中にうっすらと虹がかかっていた。

もし今日でだめなら、意次は正直どうしていいか分からない。ついその虹へ手を合わせ、お頼み申し上げますと空にいる家重に祈った。

五十宮がみまかった八年前、やはり家治はしばらく表へ出て来なかった。武元に出御を願えと言われて、何と話しかけてよいかも分からずに奥へ行ったのが昨日のことのように思える。

だがあのとき家治は、このさき何があろうと月次御礼だけは欠かさぬと言ってくれた。

そして八年、家治は一度としてその月次だけは休んだことがない。前夜まで高い熱があったときも、さすがに意次が明日はお出ましにならぬようにと伝えても、朝になるとけろりとした顔で御座之間へ現れて、悠然と諸侯たちに微笑みかけた。儀礼が終わると気を失ったように倒れ込んで、あれでまた翌日から長々と熱が続いたのだ。

意次は大きく息を吸うと柏手を打った。この世に家治の代わりだけはない。そして今、家基の代わりをできるといえばただ一人、家治のみだ。

駕籠に揺られつつ御城へ向かい、じっと考えていた。己ならばどうするか。だがすぐに首を振った。いくら人の心を読むのが得手といっても、将軍の思いは推し量ることができない。

家基がみまかって初めての月次御礼にもしもお出ましがなければ、意次はどうすればいいのだろう。

意次は駕籠を降りた。

ゆっくり畳廊下を進み、御用部屋へ向かう。襖を開くと、すでに輝高や康福は来ていた。武元はやはりいない。

輝高に一礼して意次も座った。さすがに今日ばかりは口火を切って評定を始める気にならない。

四半刻、いや半刻が静かに過ぎる。忠友は側用人だ。この刻限、表にはおらず、中奥で家治の出御を待っているはずだ。

意次は老中に側用人を兼ねている。行こうと思えば中奥へ入り、家治に拝謁を願うことができる。

十二年前、側用人を兼ねることになったとき意次は相良に城を築き始めた。もうすぐそれが竣工するが、意次がそんな栄達を受けたのは、家治が前年の家基の元服を喜んだからだ。

「意次殿……」

康福が促すようにこちらを見ている。

老中が側用人を兼ねることはかつて前例がなかった。今の己があるのは先代家重が意次を見出し、家治に引き継いでいってくれたからだ。

意次は小姓をしていた若い時分、吉宗の老中首座だった松平乗邑《のりさと》から目をかけられた。だから乗邑が罷免されたとき、ともに遠ざけられても仕方がなかった。だが家重はそれをせず、かえって意次を政の中央に引き入れてくれた。

人は皆、意次を家治第一の寵臣と呼ぶ。ああその通りだ、己は家治に止めよと言われれば、この世で唯一執着のある政からでも手を離す。

意次の全ては家治あってのものだ。家治がこのまま生涯、政に関わりたくないと願うならば、意次にも揃って退隠せよと言うならば、己は今すぐ全てを擲《なげう》つ覚悟がある。相良の城にも神田橋の屋敷にも、意次は全く執着はない。

それでも己は中奥へ、家治の出御を乞いに行くべきか。

「意次殿」

襖が開き、忠友が顔を覗かせた。

「上様が、お呼びでございます」

座敷が小さくどよめいた。

意次はうなずいて立ち上がった。胸の鼓動が大きくなり、ちらりと康福を見た。その目が、頼んだぞと力強く語りかけている。

忠友を御用部屋に残し、意次は一人で歩いて行った。この畳廊下を歩くのも幾日ぶりか。

御座之間の前で小姓が障子を開くために控えていた。名は知らぬが、意次には見馴れた懐かしい顔である。

その少年が意次を見て、ほっと笑みを浮かべかけた。慌てて頬を引き締め、瞼をぱちぱちさせた。

「任せておけ」

小声で囁くと、少年は弾かれたように顔を上げた。

意次は笑ってうなずいた。

少年は目を真っ赤にして急いで障子を開いた。深々と頭を下げたが、力を貰ったのは意次のほうだ。

すでに上段には家治が座っていた。

「意次」

意次は茫然と立ち尽くした。だがすぐ我に返り、そばに手をついた。

「どうだ、余はつねの顔をしているか」

意次は涙が溢れ、ただ黙って幾度もうなずいた。

家治の顔は叢雲《むらくも》が去ったあとの空のようだった。意次には、秋に輝く月の如くに見えた。

「上様。お出ましくださるのでございますか」

家治はうなずいた。

「月次御礼だけは欠かさぬと、そなたには誓うたではないか」

誓うのではなかったと、家治は淡く微笑んだ。

「真に……、忝うございます」

うつむいた途端に涙がこぼれた。意次は洟紙を取り出して頬を拭った。

「もう、将軍など退隠してしまおうと思ったのだ」

意次はうなずく。もしそうなら己もともに退隠する。

「だがそのたびに大御所様のお姿が浮かんでまいった。我が父上はあのようなお身体で、生涯歩き続けられたではないか」

「ああ、それがしも同じでございます。それがしも幾度となく大御所様のことを思うておりました。きっと家重様ならば、それでも歩き続けられたはずだと」

家治が家重ならば、己は忠光だ。意次はいつか、家重にとっての忠光のような臣下になってみせる。

「余は、家基のことでは悔いはない。またうどの意次にだけは偽りは申さぬ」

「上様……」

それが家治の本心だというのは疑わぬ。だが想いが深いだけ心残りができてしまうのが人というものではないのだろうか。

「分からぬか、意次」

意次は唇を噛んだ。

「それがしも、いつかそのような境地に辿り着くことができましょうか。いつか上様の仰せが分かるときが参りましょうか」

意次は改めて手をついた。

「上様。それがしは上様の仰せの意味を生涯問い続けます。それゆえどうぞ、これからもそれがしをお導きくださいませ」

「余がへこたれておっては、家基があちらで父上や御祖父様に合わせる顔がないであろう。将軍家は揺らぎもせぬと下々に見せねばならぬ。意次、次の御成を考えておけ」

「……畏まりましてございます」

意次はうつむいて涙を拭った。

「さあ、参ろうか」

家治が力強く立ち上がった。


もう一刻余りも意次は綾音とぼんやり手焙《てあぶ》りにあたっていた。雪空のどこか底のほうから除夜の鐘が響き始めていた。

「雪降れば炬燵櫓《こたつやぐら》に楯こもり、撃って出づべき勢いはなし」

「何ですの、それは」

綾音が顔を上げるでもなく尋ねた。

「高き名の響きは四方《よも》に湧き出て、赤良《あから》〳〵と子どもまで知る」

「ああ、四方赤良殿の歌でしたか」

四方酒という江戸の酒の名を重ねた、大田《おおた》南畝《なんぽ》の狂名だ。子どもまでが知ると歌ったのは大《おお》島蓼太《しまりようた》という俳人だが、いつの間にか南畝は狂文のみでなく狂歌でも名を馳せていた。

その南畝が、意次は好きだった。このところは江戸でも洒落本や黄表紙が流行り、南畝たちはさかんに狂歌などの会を開いて町を賑わせている。

「私などは良い肴にされておるのであろう」

大名たちは贅沢三昧、丸の内に這い回るまいないつぶろ。銭だせ、金だせ、賄つぶろ――

そんな落書があったと意次も聞いた。

「いつも明るくて良いことだと仰せでしたのに。やはりこの年の瀬はこたえておられるのですね」

綾音はそっと意次の顔を覗き込んできた。

さすがの綾音も少しは歳を取ったろうか。もう夫婦になって三十年は過ぎた。

「綾音も、昨日の婦《よめ》が今日の姑じゃの」

「まあ、なんて仰りようですの」

綾音が背を叩き、二人で笑った。

今年は家基が亡くなり、後を追うように武元もみまかった。

それでも八月には家治の大川筋御成があり、家治さえいれば幕府はそよとも揺らがぬことは明らかになった。

まだまだ次の将軍を考えることなど不要だ。意次はそれだけはずっと思っている。

だが人との別れは思いがけない。人はそれを知るために歳を重ねるのかもしれぬ。

「綾音……」

「ええ。百八つ」

綾音が微笑んだ。それきりもう鐘の音は続かなかった。

# 第四章

## 一

「殿！　お待ち申し上げておりましたぞ」

　街道を相良の手前まで下って来たとき、伊織が駆け寄って意次の馬の手綱を取った。

　安永九年（一七八〇）四月、意次は領国の相良に初めてやって来た。この十年余り、城下町造りにかかりきりだった伊織がついに城を完成させ、意次に文を書いてきたのだ。

「まさか馬でおいでとは。いや、百姓町人にも殿の御姿がよう分かります。真、殿は細かいところにまでお智恵が回る」

　意次はつい苦笑した。伊織が声を張り上げたせいで、せっかくの苦労が水の泡だ。辺りの百姓たちも失笑している。

「藤枝宿までは駕籠で参ったわ。なにが七里なものか。十分、尻が痛い」

　腰の辺りをさすりながら意次は馬を降りた。

相良城下には東海道の藤枝宿から道が延び、西島と高島のあいだで大井川を越えられるようになっていた。水量の安定する川下に舟があるため、意次の思い描いた通り、遠回りになってもこちらを選ぶ者は多いようだ。

城は二筋の川を天然の外濠とし、三重の濠に総石垣、本丸に二之丸、三之丸まである。

「おお、あれか」

思わず意次は足を止めた。

町の先に三重櫓の天守閣が見えた。平城だから、その向こうには遥かに水平線が白く輝いている。

相良の地は遠州灘の突端、御前崎から海上二里ばかりを北に上がっている。だからもしも水軍が江戸へ上るとするなら、この辺りでひとまず船団を整え、あとは伊豆半島を目指すはずだ。それを迎え撃つために意次が家治に願い出て、格別に建造を許された天守閣である。

まっすぐに延びた大通りにはさまざまな店が軒を連ね、大小の暖簾が風に翻っている。大戸の前で店主たちが平伏し、後列には丁稚《でっち》たちのどんぐりのように小さな髷頭がびっしりと並んでいる。

「見事じゃ、伊織」

「滅相もない。縄張りも何もかも、殿の仰せをなんとか形に致しましてございます」

「いいや。よくぞ十年でここまでの町を造り上げた」

相良城は西国への備えの城だ。陸を来る外様は名古屋で叩き、海から来るならば相良で遮り、決して駿河湾は横切らせない。相良は御前崎から駿河湾のほうへ入り込んでいるから、ゆくゆくはここに水軍を留めておけるようにもしたい。

意次はうずくまっている町人たちを見下ろした。

「さあ皆も立つがよい。長々と座らせて、手を止めさせて悪かった。早足で通るゆえ面《おもて》を上げよ」

辺りで頭を下げていた商人たちがおそるおそる顔を上げた。

そのそれぞれに意次は笑いかけた。胸が躍って仕方がなかった。

ふと目が合った聡そうな少年に、意次は微笑んだ。

「どうだ、この町は。暮らしやすいかの」

少年は頬を染めて笑みを浮かべ、そっとうなずいた。

その丁稚の主へ、意次は目をやった。

「そのほう、良い主のようじゃ。奉公人の顔を見れば分かる。この意次を支えてくれているのは、そなたたち商人じゃ。これからも宜しく頼むぞ」

「お、畏れ入りましてございます」

その主ばかりでなく、声の届いた辺りで皆が一斉に頭を下げる。

「皆が励めば、湊には船が絶えることはない。この相良は海でも陸でも上様の御膝元まで繋がっておるのだぞ。そのほうらが励めば、相良が栄える。相良が栄えれば上様が、この日の本が栄えるのじゃ。皆が頼りじゃ、頼んだぞ」

武家町を通り抜け、城門の正面に立った。

真新しい大手橋には家士たちがひしめきあって平伏している。敷地は七万坪などと意次は大仰な絵図を描いたが、伊織は一万両もの金子を残してここまでの城にした。

こんなことなら意知も連れて来るのだったと、ふと思った。だが意知にはいずれ又の日もある。

それよりは綾音だったかと、くすりと笑みが湧いて、あわてて頬を引き締めた。

濠は澄んだ水を湛えていた。意次の入部に合わせて、きっと幾人もの家士が苦心して落ち葉の類いを取り除けたのだ。

大手門を潜ると重臣たちが並んでいた。重臣といっても田沼家には元からそのような家はなかったから、どれも少しずつ意次や伊織が集めた若い者たちだ。

「殿。まずは大広間へおいでくださいませ」

声を発した家士の顔も意次は知らなかった。

だが伊織が選んだのならば案ずることはない。田沼家はこれからの家なのだ。

意次は家士たちの案内で式台を上った。

初夏の森のように材木の匂いがする。廊下には畳は敷くなと伊織には命じておいた。だからどこも背筋が伸びるような新鮮な緑の香が漂っている。

目を射るばかりに白い障子を開くと、いっきに畳の匂いに包まれた。四十畳ほどの大広間には上段もなく、上座の背にあっさりとした違い棚が造り付けてある。

思わず伊織を振り向いて、大きく笑いかけた。五つも年下の百姓あがりの士にここまで己の好みを見透かされているとは、案外意次は顔に出る質なのかもしれない。

「少し簡素にすぎましたか」

「いいや。私の願い通りじゃ」

「なにせ老中職は参勤もなく在府でございます。下手をすれば一度もおいでにならぬかもしれぬと思いましたゆえ」

伊織はさすがに言い過ぎたかと、首をすくめた。

「私が来ぬことも考えてこの城を建てたとは。伊織は私が思うていたよりも大した者であったわ」

意次は心底満足していた。上座の薄縁に腰を下ろすと、伊織たちもそれぞれに座った。

一人ずつの顔を見つめ、意次は微笑んだ。

「そなたが倉見《くらみ》金太夫《きんだゆう》。そして、そなたが潮田《しおた》由膳《ゆうぜん》じゃ」

向かい合った最前列の二人がぽっかりと口を開いて、互いの顔を見つめた。

「金太夫の向こうが深谷《ふかや》一郎《いちろう》右衛門《えもん》、由膳の向こうは内藤《ないとう》奥《おく》右衛門《えもん》であろう」

一番の年若だろうか、一郎右衛門が茫然とこちらを見返したままで言った。

「あの、それがしなどは江戸を発ちます折、列の後ろで拝謁を賜っただけでございますが……」

「いや、一郎右衛門。儂とて、そなたの隣におったぞ」

奥右衛門も素の口ぶりで一郎右衛門に応えた。

「何を申しておる。あの折、伊織が皆の名を私に教えたではないか。奥右衛門は打飼袋《うちがいぶくろ》を一人だけ左から右に掛けておってな、私はそなたは左利きではないかと思うたのだが」

打飼袋とは肩から腰に襷掛けにする荷物入れだ。たとえ左利きでも武士は刀を左に提げることが多いが、長い道中ゆえに袋ばかりは利き腕の空くほうへ掛けたかと、意次はあのとき思ったのだ。

「ま、真にお見逸れいたしましてございます。仰せの通り、それがしは実は左が利き腕にございます」

うへえと声を上げて、奥右衛門が手をついた。

「それにしても、殿には我らとて、それほど御目にかかったことはございませぬ」

「しかも、もう十年余はお目もじも叶いませず……」

金太夫と由膳がこもごも、感極まったように洟をすすり上げた。

「己の家士の顔を忘れるものか。しかし、そなたらの顔が格別に光り輝いて見えておったゆえかもしれん」

わっと皆が笑い声を上げた。からかい半分、本気でもある。これほどの町を並の者が造れるはずがない。

「最前、城下で私が声をかけた童がおったろう。あの童も顔が光っておったゆえな、きっとそのうち名を成すぞ。商人をしておるかどうかは分からぬがな」

きがある。皆が互いに顔を見合わせている。だが意次は不思議に、その者の行く末が見える気がすると

「さあ、私の饒舌もここまでだ。この町に相応しい家法を定めねばならぬ」

田沼家は新興のゆえに家法も家訓もない。子孫に伝えるべき武功も、誇れるものは何もない。他家のように当たり前の日々を送っていれば、家士はすぐ驕りに落ち、綱紀は緩む。ここで意次が語ったことを、あとから役方で冊子にでもしておけばよいだろう。

「何につけ、驕ることだけはまかりならぬ。相良の土地もこの城も、民も、上様からお預かりした将軍家のものだ。御大切の土地と民を上様が我らにお任せくだされた、そのことを誇りとせねばならぬ」

意次の栄達もこの相良も、全てはこの世で数十年のあいだ、意次が預かるにすぎない。なにもかも家重が家治に命じてくれたから叶ったことだ。

「上様という御方は、一切の我が儘をなさらぬ御方だ。それゆえ我らもそれに倣わねばならぬ。我らが一身を上様にお預けして、つねに主命に従うことをよくご存知ゆえ、無道をなさらぬのだ。ならば我らとて同じじゃ。上に立つ者は決して下の者に好き勝手をしてはならぬ」

伊織が黙って筆を走らせていた。

先回りで意次の思いを叶える、これほどの家士を意次は与えられている。これも意次の大切な預かり物だ。

「疎意なく裏表なく、軽き者にも人情をもって接すること」

伊織が書きながら大きくうなずき、他の者たちも耳を澄ましている。

「家中仲良く、心の中に包み隠すことのないように致せ」

「承りました」

わずかに年嵩らしい金太夫と由膳が手をついた。相良はこの二人が率いているのだろう。

「当家は新規取り立ての大名家じゃ。諸芸のたしなみが未熟であれば、そのぶん侮りを受ける。それでは上様に申し訳が立たぬゆえ、家中の皆には、剣術も槍も弓も、馬も鉄炮も懸命にさせよ」

「はい。なにごとも仰せのごとく仕《つかまつ》ります」

「して、殿。意知様はいつ相良へおいでくださいますでしょうか」

金太夫が尋ねると、皆も顔を輝かせた。次の藩主として相良の国造りに携わるのは、三十二歳になる意次の嫡男だ。

「実は此度、意知は上様に御座之間で拝謁が叶うこととなった。この十五日じゃ」

それがあるので意知は連れて来ることができなかったのだ。あちらはあちらで今時分、綾音と大騒ぎをしているだろう。

御座之間を出る将軍に廊下で頭を垂れているだけの拝謁ではない。ただ一人座敷に招かれ、お言葉もかけていただく。

「これはまた何たる誉れ。早うどのような拝謁であったかお伺いしたいものでございます」

「一郎右衛門、まだこれからじゃ。たった今、明後日じゃと仰せになったではないか」

奥右衛門が慌てて止めて、座は笑いに満ちた。

「しかし真に、眩しいばかりの御栄達にございます。意致《おきむね》様も先達て、父君の跡を継がれて一橋卿の家老となられたぞ」

伊織の言葉に、皆がまたどよめいた。

長く一橋家の家老をしていた意次の弟、意誠は先年亡くなった。だがその嫡男、意致は、意知と幼い頃から兄弟同然に育ってきた従兄弟である。

「ならば我らはますます、増長しておるなぞと指をさされぬように慎まねばならぬということですな」

意次は大きく手のひらを振った。

「そのほうたちならば案じておらぬ。何事も、こうあらねばならぬと決めてかかることはない。伸び伸びと愉しゅう励んで、決して命を削るような無理はするな。それゆえ、下々にもそれはさせてはならぬ。諸芸に励み、洒落本なども読み、城下から笑い声の絶えぬようにせよ」

「はあ。笑い声の絶えぬように」

金太夫と由膳が困ったように顔を見合わせる。だがそれだけが意次の願いといってもいい。

「論語読みの論語知らずと申すであろう。いかに学問を積んでも、それを日々の暮らしに活かさずでは意味がない。どれほど相良が諸色に満ち、豊かになろうと、堅苦しゅうて皆が声を潜めて道を行き交うような町にだけはしてくれるな。相良は明るうて楽しい町じゃと、湊に入る船が噂を運んでみよ。放っておいても皆が相良に立ち寄るぞ」

「確かに左様でございますな」

「なるほど、それならば元手もかかりませぬ」

また皆がわっと笑った。

「ならば今宵は、城下に振る舞い酒でもいたしますか」

金太夫が身を乗り出した。

「ああ、無論じゃ。酒も肴も、城下の店から好きなだけ買い上げよ。小間物も塩も反物も、なんなりと江戸への土産にするゆえ全て買うてやる。元手は好きに使え、そのぶんの評判を買うて来い」

一郎右衛門たち下座の三人が勢いよく立ち上がった。

＊

十郎兵衛は役宅に宗次郎を招き、二人で月を見つつ酒を呑んでいた。昨年、十郎兵衛は勘定奉行となり、二十年ほど前まで天守番をしていたことは、たまにのんびりと月でも眺めなければ忘れてしまいかねなかった。

秋の夜に、呑みたいと思えば呑める暮らしをしている。腹を空かすこともない日々は、気を緩めるとただ安穏と贅を貪る歳月になってしまう。

己が働いて得たもので己の豊かな暮らしを買う、それのどこが悪いと、たまに心の奥底から声がする。だがそんな日々には真の楽しみはない。

十郎兵衛はそれを久敬と意次から教えられた気がする。こうして次々に難しい務めが湧いて出るからには、これを恙《つつが》なくこなしていく他に喜びなどはない。

多分この男もそうだろう。そんなことを思いつつ十郎兵衛は宗次郎の注いだ酒をあおった。

宗次郎には、俵物にまつわる蝦夷地のすべてを任せてあった。なにしろ宗次郎が集めた話を吟味しなければ、彼の地では何も始められぬのだ。

「松前藩というのは、どうもどの国とも異なりますな。米ができずに無高、しかも夷仁という土着の民がいる。藩士どもが夷仁から収奪するさまは、まるで獣を相手にしておるかの如くでございます。夷仁とはかつていくさになったと申しますが、酔わせて騙し討ちにしたというのですからな」

宗次郎は蝦夷地の話を仕入れるにつれ、松前藩を毛嫌いするようになっていた。夷仁を騙し討ちにした一件は、いくさならばやむを得ぬと十郎兵衛は思ったが、今年になってまた汚い話を聞くことになった。

松前藩は長年、材木屋の飛騨屋に七千両近くを借りてどうにか藩政を保っていた。だがついに立ちゆかなくなってその借財を踏み倒した。

しかも松前藩は飛騨屋が苦心して奥蝦夷に拓いた湊や蝦夷松の山々まで、ことごとく取り上げたという。

怒った飛騨屋は幕府に訴え出たが、藩では勘定方が勝手にやったことで一切あずかり知らぬと言い逃れをした。

そのため宗次郎が親しくしてきた松前藩の勘定奉行、湊源左衛門は藩を重追放の身になってしまった。

「蝦夷のことは松前藩にしか分かりませぬ。どうしても藩の申し条を鵜呑みにするばかりで埒があきませぬな」

「それを糺すため、御老中様に伺書を作っておるのではないか。奥蝦夷など、幕府の蔵入地にしてやればよい」

「松前藩から取り上げるのですか。上知ではなく」

「そうじゃ。代わりの土地など、やるものか」

十郎兵衛が盃を勧めると、宗次郎は軽く頭を下げて口にする。

「ならば抜け荷についてては、脅しに用いますか」

松前藩が藩ぐるみで抜け荷に手を染めていることは前々から言われていた。ただどうしても幕府には咎めるだけの裏付けが得られない。

「脅しなどと、人聞きの悪い。そもそもは蝦夷地も上様が本領安堵なさったゆえ、松前藩は大きな顔で支配しておるのではないか。幕領に戻したほうが滋味も肥え、夷仁の暮らしも潤うというものじゃ」

俵物は、幕府は全て長崎に集めて一手に輸出する定めにしている。だがその流通には長崎からの他に、薩摩から琉球を経る道がある。

琉球を支配下に置き、その地を通じて清と商いのできる薩摩は俵物を欲しがっているが、それは幕府の専売である。となれば俵物については、諦めるか抜け荷をするかどちらかだ。外海の荒波を恐れずに大陸まで渡るような商人たちは、幕府の目を掻い潜る抜け荷程度のことは巧みにやる。対して幕府廻船方の船では、とても日の本に点在する湊ことごとくを見張ることはできない。

だから松前藩ではどうやら飛騨屋を使い、蝦夷地の俵物を奥州の湊や近海に持ち出して取り引きをしているらしい。露見すれば藩は取り潰しになり、飛騨屋は闕所《けっしょ》だが、幕府にその抜け荷の筋道すべてを押さえることはできない。

ゆえに結局のところで松前藩と飛騨屋は手を結ぶ。飛騨屋がいくら藩に腹を立て非道を訴えるといっても、己の懐も痛む抜け荷のことまでは明かさない。

「抜け荷については、その気になればいくらでも息の根は止められると、証を突きつけてやるほかはございませぬな」

宗次郎の肝の据わりぶりは、勘定方より抜け荷を運ぶ水主のほうが似合いだ。

「儂はつくづく、宗次郎が大人しゅう江戸におるのが不思議でならぬ」

「なに、もう十年も若ければ十郎兵衛様を誘うて奥蝦夷へ渡ろうと言い出しておりました」

宗次郎は四十一、己はその十年上だ。

「我らも親玉が意次様ゆえ、江戸におっても退屈はせぬということかもしれぬの」

「なるほど、我らは田沼丸ですな。どうでございます、そのうち蝦夷地の見分に船を出しませぬか」

「ああ、そうしたい。どこから始める」

意次は十郎兵衛よりさらに十ばかり年嵩である。若く見えるが、六十を過ぎているのではなかったか。

「意次様のことだ、御老中を退隠されるとなっても次には引き継いでくださろう。だがどうせなら意次様に成果を見ていただきたいではないか」

「左様でございますな。我らも田沼丸なればこそ、唆《そそのか》されて厳寒の海へ出ようなどと思うのでございますから」

宗次郎がくつくつと笑って盃を干す。

蝦夷地の、しかも奥蝦夷ともなれば、行って帰るだけでも三月はかかる。一年の半分は雪に閉ざされて海を渡ることなどできないから、意次が百まで生きてくれるのでもなければ蝦夷地の開拓は仕上がらない。

「夷仁は文字を用いぬ民でございます。すべて口伝で成り立つ国というのは、何やら神々しゅうございますな」

宗次郎は狂歌をやるが、かつては狂歌を夷曲《ひなぶり》と呼んだという。まさか狂歌の源が蝦夷にあったはずはないが、蝦夷というのは万般、謎めいている。

「松前藩は夷仁が文字を覚えぬよう、領内に僧侶や医者が入るのを止めておるらしゅうございます」

まさに獣扱いだ。

「ですが文字を持たぬ民ゆえに、夷仁は和語はすぐ身につけますとやら」

「例の、魯西亜も気にかかることではないか」

松前藩に交易を望んだ、奥蝦夷のさらに北にあるという国だ。松前藩では赤蝦夷と呼びならわしているそうだが、昔から千島列島を伝って蝦夷へ来て、珍しい織物や鯨油をもたらすという。そのとき日の本の側から持ち出すのは米や塩、反物である。

魯西亜が交易を持ちかけてきたとき、松前藩は鎖国と言って断ったが、それも鵜呑みにはできない。実は藩ごと国是を破っているかもしれぬし、どのみち商人どうしの売り買いは行われているだろう。

そして松前藩では知行米がわりに土地での売買を許されている武士たちが、先頭をきって商いをしている。

「抜け荷とは、禁じればその上をゆく巧妙な手を用いるものでございます。薩摩といい松前といい、商人の後ろには藩がいる。どちらも江戸からは遠国ゆえ、根絶やしにはできませぬ。一度はできたとしても、そのうちまた別の手を講じます」

「思い切って交易を許すほうが抜け荷を断てるのかもしれぬな」

宗次郎はうなずいた。

「だがさすがに意次様も、それはお許しにならぬのではないか」

鎖国は家康の定めだ。一度でもその名が取り沙汰されれば、家治でさえ逆らえない。

「ですが意次様ならば見分には行かせてくださるでしょう」

「ああ。意次様には他にお考えがあるかもしれぬ」

きっと意次が考えているのは俵物を手に入れることだけではない。

奥蝦夷まで拓けば、新たな耕作地や鉱山が見つかるかもしれない。長崎と異なり、北方との商いが起これば、日の本では思いも掛けぬ品が貨幣の代わりになる道が見つかる。薬種も医術も、波濤を渡る大船も、さまざまな新しいものが手に入り、日の本は別天地になる。

「どうなさいました」

宗次郎がからかうような笑みで十郎兵衛のほうを振り向いていた。その顔は、こちらの胸に浮かんだことを見透かしているかのようだ。

「いや。美味い酒じゃと思うてな」

くすりと宗次郎が笑った。

「それがしも、ちょうど同じように思うていたところでございます」

どちらからともなく二人で盃をかかげ、一息に干した。

二

意次が側用人に任じられたのはもう十四年前だ。中奥で将軍に拝謁したあと長い御廊下を表御殿へ戻るとき、意次はその顔を老中に取り替えて御用部屋へ入る。

老中としての務めは、郡上一揆の裁許で老中格にされたときから数えるともう二十三年か。

――そなたから言い出さぬとは、なかなか辛抱が要ったであろう。

家治は笑みさえ浮かべて、意次の背を押すようにそう言った。将軍にそこまで気遣いを受ける、この世に己ほど恵まれた者もない。

意次は一つ息を吸って御用部屋の襖の前に立った。

「お待たせいたしました」

中に入って皆を見回した。老中首座の輝高に康福、忠友が揃って意次を見上げていた。

昨年、老中では板倉勝清と阿部正允が相次いでみまかっていた。新しく老中を選ぶのも差し迫った問題ではあった。

小姓が襖を閉じるのを待って意次は腰を下ろした。

「上様よりの仰せがございました」

皆が揃って姿勢を正す。

「御養君様を選定せよとの仰せにございます。真に畏れ多いことながら、それがしが御用係を拝命仕りました」

意次は手をついた。家治の跡継ぎ、次の将軍になる継嗣をついに定めることになったのだ。

「我らには無論、異議などはない。やってくれるか、意次」

輝高に意次はうなずいた。

「上様より我ら老中に、長く待たせてすまなかったとのお言葉がございました」

輝高たちは揃って静かに首を振る。

――そなたを始め、皆はよく待ってくれた。

家治の声が耳朶《じだ》に残っている。この二月で家基が逝って二年が過ぎ、三回忌も終わった。

――任せてよいな。

輝高がほうっと長い細い息を吐いた。

「なんと忝いことか。上様は我ら老中に十一代様を決めさせてくださるとな」

いくら家基の他には考えられぬといっても、家治には家治なりに好悪もあるだろう。それを私にもせず、表の者たちに委ねるというのだ。

「我らは上様が仰せ出されるまで、このことは一切考えてまいりませんでした。それゆえ我ら一同、どなた様からも、どのような内意も受けておらぬ。それは信じて宜しいな」

意次はゆっくりと皆を睨《ね》め回した。即座に三人がそれぞれに厳しい顔をしてうなずき返す。

そこで意次は足を崩し、真っ先に胡座を組んだ。秘中の秘ゆえに、この一件ばかりは老中たちが評定を始めたことすら気取られるわけにはいかない。

輝高が胡座になると、康福と忠友も同じようにして輪を狭めた。忠友はまだ側用人だが、じきに老中になることはもう定まっている。

「意次はどなた様がよいと思うておる」

「分かりませぬ。それがし、真に今の今まで、考えぬようにしてまいりました」

うんうんと輝高がうなずく。誰もが努めてそうしてきた一件なのだ。

「ですが、どなた様が御養君になられるにせよ、一月も二月も迷うているわけにはまいりませぬ。せいぜい十日……」

「十日？　それは短すぎるのではございませんか。この場での話は外になど漏れますまい。いや、三回忌の後から誰もが嗅ぎ回っておるようではございますが」

率直に口を開いた忠友を、意次は睨むように見返した。

「将軍になる御方は圧倒的でなければならぬ。老中どもが長々と迷うような、右でも左でも構わぬというような御方に御座りいただくわけにはまいらぬ」

「ああ、なるほど」

「家基様がおられぬとなれば、もはや御三卿のどなたでも構わぬ。だが、選ぶからには抽んでた理由が要る。我らはそれを整えねばならぬ」

輝高がむっつりと腕を組んでうなずく。

「御血筋からいけば家治様の弟君の、清水重好卿じゃの」

その次は先代家重の上の弟、田安家の血筋で、最後が下の弟、一橋家となる。尾張、水戸、紀州の御三家まで御鉢が回ることはない。

だが田安家は治察が死に、当主のいない明屋形になっている。治察が跡継ぎにと望んだ定信はすでに白河の松平家の養子だ。

「白河の松平家では将軍家を継げるはずもない。御三家が黙っておらぬ」

意次は冷たく言い切った。将軍は他を圧しなければならぬ。一度でも臣下に降り、御三家よりも下座に着いたからには、巡り合わせと諦めるほかはない。

「一橋家は治済《はるさだ》様か。おいくつであられたかな」

輝高がちらりと意次のほうを見た。

「御年三十一。上様の十四年下でございますな」

養子というにはあまりに年嵩で、しかもそもそもが清水卿の格下だ。清水卿は九代家重の二男で、一橋卿は家重の弟の四男だ。

「一橋卿よりは清水卿であろう。のう、意次」

輝高が意次に話を向ける。なんといっても御三卿の筆頭は清水、その次が田安で、一橋は末席である。

ただ、皆が口にはしないが、清水卿には跡継ぎがいない。

「それがし、これから清水卿をお訪ねいたします。そのまま下城しようかと存じますが」

意次が言うと、まっさきに輝高がうなずいた。

「ああ、そうしてくれ。誰に見られても厄介じゃ」

ともかくは口外無用とうなずき合って、それぞれが間をおいて御用部屋を出た。

清水屋形は江戸城の北方、田安屋形の東隣にあった。鉄炮御蔵を挟んで東には一橋屋形が建ち、意次の神田橋の屋敷はそのさらに東だが、どれもが外濠沿いである。

つねの下城とは逆に行かねばならないが、長い壁が続き、老中の駕籠はかえって目に留まることもない。意次は素早く屋形の門を潜ると、いつまでも待たせていただくと出迎えの者に告げた。

畳廊下を歩くとき、庭先に薔薇がひっそりと咲いていた。かつて家重が妻のために御城で育てていたのと同じ花だった。

重好は家治のただ一人の弟で、歳は八つ離れている。今年三十七歳だが、姫を含めて子は一人もいない。

ただ、穏やかで心細やかな人柄で、家治との兄弟仲はとても良かった。家治は健在の頃の五十宮を伴って幾度もこの屋形を訪れ、御城に戻るといつも上機嫌だった。

意次は、家重に性質が近いのは、家治よりもむしろ重好のほうだと思ってきた。家治は家重よりも吉宗に似ていたからだ。

間もなく重好が現れた。

「意次、よく来てくれた。先触れもなく顔を見せるとは、内密の話かな」

重好は着流し姿で上段に腰を下ろすと、すぐに人払いをした。察しがよく聡明なのは、兄弟揃って家重譲りだった。

もう一つ、意次を信頼してくれているところも、やはり家重からの余慶だったろう。

「本日、それがしは上様より、御養君御用係を命じられました。こちらへ伺いましたのは、老中揃うての評定が決しましたゆえでございます」

「そうか」

重好は全く顔つきを変えなかった。口許には意次も見馴れた優しげな笑みを浮かべていた。

「我ら一同、十一代様には重好様をおいておられぬと一決いたしましてございます」

「いや」

笑みを湛えたまま、重好はゆっくりと首を振った。

「事情は察しておるつもりじゃ。急ぎ選定せねばならぬ。また、どこへ話が漏れてもならぬ」

意次は畏れ入って頭を下げた。

「私とて兄上をお助けしたい。たとえ数年でも将軍職を務め、兄上のご心労を軽くして差し上げることにやぶさかではない」

だがな、と重好は微笑んだ。

意次はその顔があまりに家重に似ているのに、今さらながらひそかに息を呑んでいた。

「私はどうやら子ができぬ質のようじゃ。育ち上がらなかったわけではない。男はむろん、いまだ姫も生まれたことがない」

そなたならば分かるだろうと、穏やかに言った。

「ゆえに私がみまかったときは、また同じ厄介が起こる。しかもその折は、最初から世継ぎがおらぬのだ。私が将軍世子でおる間、さまざまな筋から将軍職を望む者が関わってくるだろう」

「ですが……」

「将軍継嗣は近臣となる小姓も育ててゆかねばならぬ。私ではもはや用を成さぬ。意次らしゅうもない、清水卿では先々同じ煩いが起こると皆に申さぬか」

意次は首を振った。

「重好様ならば、なにより家重様も喜んでくださいます」

「いいや。父上ならば私と同じように仰せになったであろう。兄上が意次を御用係に命じられたのは、将軍家を私せぬという兄上の尊いお心の表れではないか。私とて兄上と思いは同じじゃ」

重好はきっぱりと言い切って微笑んだ。

「ですが重好様にお引き受けいただかねば、十一代様は重好様に生涯、遠慮がつきまとうと存じます」

「順当に行ったとして、兄上が退隠なされた後、八年のことだ。それが過ぎれば、この清水家は明屋形となるのだから」

重好は少し淋しげに、違い棚に活けられた黄金色の薔薇に目を転じた。

「では重好様でなければ、どなた様が相応しいとお考えでございますか」

これが、言い募るというものだと意次は思っていた。重好の言葉はもっともだ。だが意次は諦めきれない。

「私の考えを申して許されるならば、やはり豊千代《とよちよ》殿ではないか」

意次はひそかに拳を握りしめていた。九歳になる一橋卿の嫡男である。意次が実は、重好よりも釣り合いだと考えていた相手だ。

つい意次が顔を上げると、重好が力強くうなずいた。格下の従兄弟の子の風下に立つことなど一切意に介さない、高邁な人物だ。

「それがしは今こそ、重好様ほど十一代様に相応しい方はおられぬと確信いたしましてございます」

「そうか。それは忝いことじゃ。だが意次ならば分かっておるであろう。たとえ清水だろうと一橋だろうと、他家で育った者には将軍は務まらぬ。格別の育ちをさせねば唯一無二の覚悟は備わらぬ」

意次は見惚れていた。顔つきといい言葉といい、家重が今ここにいるかのようだった。

「重好様。では御養君様は、豊千代様にございますか」

「兄上はそのようにお考えではないかな。兄上は我を通されぬ御方ゆえ、仰せにはならぬのであろうが」

意次は思わずひれ伏していた。

「さあ、そうとなれば人目もあることだ、そなたは早く帰るがよい」

つい目頭が熱くなり、瞼を押さえながら顔を上げた。

「申すまでもないが、私に一切の気遣いは無用だ。私はつねに兄上と御心を一つにしていると、宜しゅう伝えてくれ」

感極まって応えることもできず、なんとか頭をうなずかせた。

それを見届けて重好は立ち上がった。

「意次。家基殿のことは真に残念であったな。あれほどのお悲しみの中から立ち上がられるとは、さすが我が兄上はご立派な御方じゃ」

頼んだぞと最後に言って、重好は奥へ戻って行った。

天明元年（一七八一）閏《うる》五月、輝高を首座とする老中たちは江戸城表御殿に一橋治済を呼び出した。意次たち総勢四人が上段を空けて左右に向き合って座り、治済は空の上段へ頭を下げていた。

治済が顔を上げると、輝高が慇懃《いんぎん》にそちらへ身体を向けた。

「我ら評定の結果、上様は一橋豊千代様を御養子にお迎えなさることに決しました。ゆえに豊千代様は今日より将軍家継嗣のお立場にございます。真に祝着至極に存じ奉ります」

輝高の口上とともに意次たちは揃って治済に深々と礼をした。

「豊千代様には今月のうちに西之丸へお入りいただきますように」

「西之丸へ、豊千代が……。なんと忝い」

治済が茫然と空の上段を見つめている。

「そうか。いや、次は豊千代で疑いないと思うてはおりましたがな。いやまさか、清水卿もおられるに。ふう、たしかに御養子というには我らは歳が行きすぎておるな」

治済は早口で独りごちている。無理もない、受け止めきれぬ幸いだろう。

「いやしかし、よくぞ豊千代に御目を留めてくだされた。なに、豊千代は真冬でも布団を暑がって撥ねてしまうほどの元気な子でな。必ずや上様の御役に立ちましょうぞ」

「上様もお心強うお思いあそばしましょう。我ら、心よりお慶び申し上げます」

輝高が微笑んで再び頭を下げた。意次たちもそれぞれに笑みを浮かべて輝高に倣った。

「いや、忝い。豊千代にはより一層、励ませねばならぬ。ああ、これは御無礼を。もはや儂も、豊千代様とお呼びせねばならぬか」

治済が相好を崩して己の額を叩き、老中たちも笑い声を上げた。

「では、今日はこれまでにございます。一橋卿には、早速にお支度を願い申し上げます」

「ああ、畏まった。そうじゃ、一つ宜しいか」

「なんなりと」

輝高がにこやかにうなずいた。

治済は頰を紅潮させ、気を張っているのがこちらにまで伝わる。一橋家にとって、これはどれほどの喜びだろう。

「いや、豊千代が。いや、豊千代様が将軍となられた暁には、儂も大御所となるのでございましょうな」

輝高がぴくりと眉を上げて意次のほうを向いた。

康福も、今一人の老中、久世広明《くぜひろあきら》もそっと意次を顧みていたが、治済は気づかずに上機嫌の笑みだ。

「いや、気が早いと笑うだろうが、豊千代が血筋から上様の御養子に迎えられるというならば、父である儂のほうが上じゃ。歳のゆえに御養子の選には漏れたかもしれぬが、父がただの一橋卿で豊千代様が軽んぜられては申し訳がない」

「ああ、なるほど……」

輝高が笑みを浮かべたまま、意次にどうにかせよという顔をしている。

つまらぬ恨みは買いたくないが、仕方がない。

「一橋卿」

治済が機嫌良くこちらを振り向いた。

意次はできるだけ声音を和らげてにこやかに言った。

「豊千代様が十一代をお継ぎあそばしましたとき、大御所様となられる御方は、上様にございます」

「いやいや、御老中。豊千代が将軍職に就けば、儂は将軍の父じゃ。ゆえに」

家治が死に、己の子が十一代将軍となり、まさに我が世の春が訪れたときだ。

意次は軽く座り直して、治済にこちらへ顔を向けさせた。

穏やかに意次は笑みを浮かべた。

「大御所様とは、将軍お父君様の称ではございませぬ。将軍を退隠された御方の呼称にございます」

ぽかんと治済が口を開いた。

意次は続けた。

「豊千代君様の御父君様ということでは一つ、懸念がございます」

「懸念じゃと。何ぞ、障りでもあると申すのか」

治済が眉を吊り上げた。

豊千代はまだ九歳だ。だがすでに妻があり、ともに一橋屋形で育てられている。わずか四つで縁組をしたとき、意次はその使者として両家の間を行き来している。

「豊千代君様の許婚の茂姫《しげひめ》様は、島津重豪公の姫にございましょう」

「あ、ああ。いかにも。そなたを煩わせ、使者を務めてもろうたことは忘れてはおらぬ」

ならばよい。意次は重豪とは商いを軽んじぬ考え方が似通い、ずっと懇意にしている。

意次は治済に目尻を下げた。

「豊千代君様が将軍となられました暁には、茂姫様は将軍御台所にございます。となると、外様の島津が将軍の義父。そのようなことは未だかつて例がございませぬ」

あっと治済が息を呑んだ。

ここまで豊千代の養子決定が日数を食ったのはそのせいだといってもいい。

将軍御台所は京の宮家から迎えるのが慣例だ。舅となれば将軍であろうと礼を尽くさねばならない。それが外様の藩主とは、この話はそれだけで流れてもおかしくはない。

位打ちには位打ちだ。大御所になりたいなどと言うならば、まずは己の足下から固めるがいい。

「豊千代君様が御養子に昇られる一件は、この十八日に布告でございます。もう十日もございませぬ、どうぞ豊千代君様のお支度を恙のうお願い申し上げます」

「あ、ああ。そうであったの」

治済が慌てて立ち上がった。意次たちは即座にそつなく面を伏せた。


七月、老中首座の松平輝高が家治に退隠を申し出た。国許で不手際があったためで、家治は辞するには及ばぬと言ったが、輝高はそのまま気鬱の病と称してついに評定へ出て来ぬようになった。

輝高は意次より六つ下の五十七歳である。三代家光《いえみつ》のとき老中首座を務めた松平伊豆守信綱《いずのかみのぶつな》の血筋にあたり、一族からは幾人も老中が出ている。輝高も大坂城代、京都所司代と歴任して三十四で老中に任じられたが、それはちょうど意次が老中格として郡上騒動の解決に乗り出していたときだった。

それゆえ意次にとって真の朋輩といえば輝高で、互いに阿吽の呼吸でやってきたのは実は康福でも忠友でもない。輝高は意次などが並ぶべくもない名門譜代の出だが、互いにその力は誰よりも評価し合ってきた。

康福や忠友は意次が引き立てたようなところがあるから、朋輩として最も頼みにし、信頼していたのはやはり輝高だったろう。

――〝入るを量り、出ずるを制する〟じゃ。我らはそれでまいろうな。

吉宗は倹約を厳しく命じていたから、若い時分の意次と輝高は幾度もそう言い合ったものである。

ちょうどその頃は年貢米増徴が頭打ちになり、幕府は年貢のかわりに運上冥加《みようが》で商人から金子を取る道を探り始めていた。だから意次と輝高はそんな世の新しい幕閣として、商いで国を潤す道を探ってきた。

そうして今年、幕府はかねて考えてきた上州の生糸に税を課すことにした。上野国は古くから養蚕がさかんで、絹市で栄えてきた。ゆえに糸綿貫目改所《いとわたかんめあらためしょ》を置き、商人たちに売り買いを任せ、かわりに運上金を得ようと考えたのだ。

商人たちに株仲間を作らせ、商いを独占させるかわりに運上金、あるいは冥加金と呼ぶ折々の献上金を納めさせる。それは意次たちが主導して幕府の常套手にしてきたものだった。

むろん運上冥加は古くから行われてきたが、意次たちはそれを何から何まで、課せるところには全て課すようにした。幕府にすれば百姓だけに課していた年貢を商人にも負わせたつもりだったが、当然、意次たちは非難の的になった。

だが苦笑しつつ聞き流す意次と違って、輝高はついに病むまでに追い詰められた。

上州の生糸に改所を置いたのは、もとは絹の専売を目論んだ大商人たちが申し出たことだ。幕府は渡りに船とばかりに許したのだが、株仲間に外れた商人たちが腹を立て、絹市を閉ざしてしまった。だから百姓たちは市に生糸を出せぬ上、運上金を課される羽目になったのだ。

百姓たちは事の発端の大店を打ち毀《こわ》し、その勢いのまま上州高崎城を取り囲んだ。それというのも、そこが上州絹に運上金を課した輝高の居城だったからだ。

結局、意次たちは大慌てで改所を置かぬこととし、城を囲んだ百姓たちを追い散らした。運上金が沙汰止みになったので百姓たちは城に打ちかかることもなく、高崎は元通り平穏に戻った。

となれば輝高も、何食わぬ顔で評定に加わっておればよい。意次は幾度もそう言ったのだが、輝高は昨日はついに、屋敷を訪れた意次に会おうともしなかった。

――老中首座の居城が一揆まがいの目に遭うとは前代未聞。もはや上様の御顔などお見上げできぬ。儂はこのまま儚うなるつもりじゃ。

前に会ったとき輝高は、たしかそんなことを言っていた。

――いつまでも拗ねておられますな。輝高殿の家士らは立派だったではございませぬか。取り囲んだ百姓どもに逸って鉄炮でも撃ちかけておれば一大事でございました。どうでございます、一度国許へ戻り、家士らを労ってやられては。

――もうな、儂は頭から布団でも引っ被って寝ておるしか手がないわ。上様からお預かりしている大切な城を……。

輝高は百姓と見間違うような骨張った大きな手をしているが、それをぐっと拳に握りしめて乱暴に目をこすっていた。涙が溢れるのをどうにも堪えられぬらしかった。

――意次、どうか上様に儂の老中罷免を申し上げてくれ。儂は首座ばかりではない、勝手掛老中までも務めておる。せめて、ただの老中にしてくだされと。

最後には意次のほうが音を上げて、分かった分かったと言って帰って来た。輝高ほどの切れ者もおらぬのに、他の誰に首座だの勝手掛だのが務まるものか。

「さすがに上様には苦言にもあたるゆえ申し上げられぬ。こうとなれば、上様には新たな老中を任じていただくことにする」

老中の御用部屋には、若年寄の鳥居《とりい》忠孝《ただたか》と忠友が呼んであった。この二人を新たな老中に加えると、康福と決めたのだ。

これで老中は康福と意次に閏五月からの久世、さらに二人が新任され、輝高を入れると総勢六人となる。

「御世継ぎ様も定まり、世も安永から天明に変わったことじゃ。まあ輝高殿もそのうち目を覚まされるであろう」

意次と康福は同年で六十過ぎ、鳥居も二つ年嵩だ。忠友と久世は揃って一回りほど下だから、意次たちの後を率いていくのはこの二人ということになる。

「鳥居と久世はまだ任じられたばかりゆえ勝手も分からぬであろう。だがあと五年もすれば、我らはぼつぼつ退隠じゃ」

意次は康福を振り向き、互いにうなずき合った。

鳥居は最年長だが、家重が亡くなったとき、まだ四十半ばというのに全ての御役を辞していた。意次よりよほど位にこだわらぬ潔い人柄らしく、妬みなどを抱くはずはない。

「ゆえに二、三年もすれば、また新たな老中を加えることになる。そのときこそ、そなたらの出番じゃ。今は康福殿を手本とし、我らを支えてもらいたい」

忠友と久世が手をついた。

ぼんやりしている康福のほうへ意次は向き直った。

「輝高殿の望みじゃ。せめて首座と勝手掛、除けて差し上げてはどうか」

「確かにな。己のために評定が滞るとなれば、かえって御心痛も増すであろう」

康福は意次ともども輝高との相役も長いので、輝高が立場のゆえに悩みが深いことは分かっている。

意次は居ずまいを正した。

「次の老中首座、康福殿では如何か」

康福がぎょっとして意次を見返した。だが意次はかまわずに続けた。

「上州の絹一揆、我らも身に沁みた。輝高殿もただの老中であられたならば、これほどお苦しみになることもなかっただろう。もうこれからは、首座と勝手掛は分けたほうがよい」

若い二人が迷わずうなずいていた。

いつからか老中には首座が勝手掛を兼ねる先例がある。だが勘定方でさえ、御用繁多というので勝手方と公事方を分けている。

「老中首座は康福殿。勝手掛老中は忠友でどうか」

「待たれよ。勝手掛はともかく、首座といえば意次殿であろう」

康福が勢い込む。

だが意次は首座など望んだことはない。むしろ真っ平だ。

「康福殿は私などより幾年も先に老中を務めておられる。しかも意次めは六百石の紀州藩御小納戸の倅《せがれ》じゃ。老中はそもそも名門譜代が上様を補佐し奉る御役目。少禄の藩士などが首座となれば、御役自体が軽んじられる因ともなる」

「いや、確かに儂が先に老中にはなった。だがその前から意次殿はすでに老中格だったではないか。あの郡上騒動、家重様の右腕となって解決したことを忘れる者などおらぬ。これが理屈じゃ。しかも、それこそ勘定方を思うてみよ。勘定奉行なぞは今日《きょうび》日、五百石の旗本どもが次々に任じられておるではないか。商人と渡り合う力がなくば務まらぬ御役のゆえじゃ。輝高殿に尋ねてみられるがよい、次の老中首座は意次殿じゃと即答なさるわ」

「ならばこそ、首座は康福殿じゃ。意次めにはこの先やらねばならぬことがある。蝦夷地も新田も、きわどい決断をせねばならぬことが多かろう。老中首座という大上段から差配すれば何かと角が立つ」

意次は勘定方に蝦夷地について調べさせており、そのうち蝦夷へ探索も出すつもりだ。それを考えても、首座として畳みかけるのではなく、評定を尽くして許しを得たという形にしたい。

「康福殿にばかり面倒はかけぬつもりゆえ、引き受けてくださらぬか」

「何を仰せか。儂が老中首座などと、家士も国許も狂喜乱舞じゃ」

だんだんと康福の顔つきは明るく弾んできた。

「お待ちくださいませ。ではそれがしこそ、勝手掛は意次様が相応しいと存じますが」

首座は決まったとみて忠友が一同を窺った。

だが意次は軽く首を振った。

「私が補佐に回る。勝手掛は次代との連繋が肝心要じゃ。若うなければ次の者を支えてやれぬではないか。今、勘定方は蝦夷の俵物を考えておる。掛の勘定奉行は例の、天守番をしておった松本十郎兵衛じゃ」

ああ、と忠友が大きく上半身を揺すった。

そのとき久世が思わずという体《てい》で口を開いた。

「意次殿は真、なんと事細かにさまざまな来歴が頭に入っておいでか」

「はて。なにか驚かせるようなことを申したか」

意次はきょとんと久世を見返した。そして悪戯っぽく笑いかけた。

「ならばもっと驚かせてやろうか。そなたは傍系の生まれだが、祖父は吉宗公の下で老中を務めた重之《しげゆき》公じゃ。だが重之公は吉宗公よりも、吉宗公の排斥なされた新井《あらい》白石寄りであったな」

「お、畏れ入りましてございます」

「何も畏れ入ることはない。吉宗公は白石が儀式、儀礼と堅苦しゅう申すゆえお嫌いなさっただけじゃ。諸色と貨幣が等量ならば国は真っ当な道を行くと最初に言うたのは白石だった。貨幣の値打ちが物より低ければ、貨幣自体が出回らぬようになり、やがて諸色の値は上がるとな。

重之公は白石の儀礼ではなく、経世論を解しておられたのじゃ。そなた、出藍《しゆつらん》の誉れとなるのだな」

久世は呆気に取られてうなずくのも忘れていた。

意次は笑みを浮かべた。

「上州の絹では躓いたがな、拙いと気づけば御上はすぐ改める。此度は我らも、それを知らしめることができたと良いほうに考えることだ。幕府が強訴に屈したなどと心得違いをさせなければ、上州は吉じゃ。天明の世が楽しみではないか」

意次はそのとき本心そう思っていた。

三

天明二年（一七八二）二月、意次の屋敷に十郎兵衛がやって来た。供に連れていたのは四十恰好の土山宗次郎という侍で、意次は会うのは初めてだった。

前は、十郎兵衛が勘定奉行の久敬に連れられて来ていたものだ。

「どうだ、進んでおるか」

意次は宗次郎が気兼ねをせぬように、宗次郎のほうへ尋ねた。宗次郎は驚いた様子で、意次と十郎兵衛をかわるがわる見つめた。

「蝦夷は裏を取るのに刻がかかりますゆえ、もうしばしお待ちくださいませ。今日は実は別件でございます」

「ほう、別件か」

これには意次も驚いた。勘定方の二人はそれぞれに風呂敷包みを解き、中から書付などを取り出した。

宗次郎が真っ先に広げたのは絵図だった。江戸の東方、常陸と下総のもので、中央を利根川が流れていた。

絵図の下方が江戸湾、利根川の上が霞ヶ浦の広がる常陸台地、下が下総台地である。

「御老中様には先刻承知と存じますが、ここが印旛沼《いんばぬま》でございます」

宗次郎はしっかり支度してきたものとみえ、絵図を指すために菜箸を使った。

「印旛沼か。昔から幕府が幾度も干拓を試みて果たせなかった地じゃ。利根川は西から東へ流れておる」

意次は残り一本の菜箸で、利根川を左から右へなぞってみせた。

「そして、こちらが手賀沼《てがぬま》にございます」

宗次郎は利根川の上手の右岸を指した。印旛沼より江戸に近く、絵図では一回りほども小さい。

「此度、江戸と大坂の商人が、印旛沼と手賀沼の干拓を申し出てまいりました」

「なんと、真か」

意次は思わず絶句した。

実は一昨年、その地の代官からかなり詳細に詰めた新田開発の伺書が出されていた。その地を知る代官に新田を見立てさせるというのは吉宗が奨励したことだった。たとえば新発田の紫雲寺潟《しうんじがた》はそれによって拓き、二千町歩近い新田を得ることができた。

だが新田開発は下手をすれば十年近くかかり、紫雲寺潟も一万両を注ぎ込んで三万人がかりだった。金子と人手はまさかというほど要し、人をそれほど使うとなれば差配者の力量はとても並では務まらない。

そして何より完璧な普請図面が要る。

「印旛沼は吉宗公の御世に平戸村の染谷源右衛門《そめやげんえもん》とやらが干拓を申し出て、かなり励んだというがな。あまりの難普請で破産したぞ」

あの折はたしか三十万両を投じたが、それでも金子が足りずに終わったと聞いている。

宗次郎と十郎兵衛が顔を見合わせている。二人が知らぬはずはなく、意次が知っていることに驚いたのかもしれない。

「どのように取りかかるつもりか」

もしも印旛沼、手賀沼が新田に化ければ、日の本全体の米の値が下がるほどの石高に上る。むろんそれは、すべて幕府の米蔵に入れて相場を立てさせなければよいだけのことだ。飢饉のときに、どれだけ大勢を食わせてやれることか。

宗次郎が絵図面に菜箸を突いた。印旛沼の上方、利根川に接する北側だ。

印旛沼には鹿島川、神崎川という二筋の川が流れ込み、その水が長門川を通って利根川に落ちている。だが長門川にとって利根川が圧倒的な大河のゆえに増水するたびに長門川の水が押し戻され、一帯が沼地になってしまう。

「この利根川との間に堤を造り、まず利根川の水が入らぬようにいたします」

意次は覗き込みつつうなずいた。

「印旛沼の西、平戸村から江戸湾まで掘割を造り、沼の水は海へ落とします」

宗次郎は菜箸で、沼から海へとすっと一筋をなぞった。

「長さは」

「およそ四里から五里」

「ざっと、いくらかかる」

「少なくとも六万両でございます」

意次は黙って考えた。蝦夷地と比べれば、寒さや雪といった厄介はない。江戸からさして遠いわけでもなく、番所を建ててしまえば差配も容易だ。なにより五年、十年の普請となれば、江戸の浪人たちに新たな生計の道ができる。

「新田は四千町歩に及ぶかと存じます」

十郎兵衛が言い添えた。あの吉宗の紫雲寺潟でさえ千七百町歩だったのだ。

「印旛沼の代官、名は何という」

「宮村孫左衛門《みやむらまござえもん》と申します。それがし、会いに行ってまいりました」

「おお、それは良くした。で、どのような人物であった」

意次が身を乗り出すと、宗次郎は嬉しそうに笑みを浮かべた。

「とにかく正直者だと思いました。一切取り繕わず、真っ先に五年では無理だろうと申しました」

意次は握りしめていた拳に力が入った。それでこそだ。よほど腰を据えてかかるのでなければ、思い描くだけ無駄だ。

「己はこの地で生きる者ゆえ、ここを一寸でも前へ進めたいと申しておりました」

「一寸でも前へな」

他ならぬ意次も、そう考えて生きている。

「彼の地は水はけが悪うございますゆえ、長雨の後には決まって子らがやられる流行病《はやりやまい》が出るそうでございます。蚋《ぶゆ》も多いのですが、それが新田になれば消えるのではないかと申しておりました。病の面からも、沼地をなんとかしたいそうでございます」

「なるほどな。そのような利もあるか」

宗次郎は次に手賀沼を指した。

「こちらは印旛沼よりは小さく、利根川のさらに上手にございます」

そのぶん水量は少なく、かといって高地にあるわけではない。江戸からも、印旛沼よりさらに近い。

「江戸と大坂の大商人が採算が取れると見込んだのだな」

「はい。新田の年貢は一分減が御定法ゆえ、近在の百姓たちも進んで普請に加わると存じます」

意次は決めた。

「印旛沼に手賀沼、干拓を始める。代官と図って、まずはその地に番所を建てよ。勘定方をあげて取りかかれ。半年後には始められるか」

「半年……」

十郎兵衛と宗次郎は顔を見合わせた。

「正式には老中評定で裁許いたす。夏までに評定に出せるよう、書付を整えておけ」

二人が手をついたのを見届けて、意次は座を立った。

意次は珍しく屋敷の庭に下り、前栽の柊《ひいらぎ》の葉に指を伸ばした。もう日は沈み、暗くてあまりよく見えなかった。ただ指先にはざらりと砂が付いてくる感覚があった。

その日、御用部屋で評定をしていた意次は、かすかに畳が揺れるのを感じた。

もう三月ほど前になるだろうか。四月の頭に浅間山が火を噴いたと伝えられ、それから五月の終わり頃までは鳴りを潜めていたが、三十日ほど前に二度目の噴火があった。その後、山は再び鎮まったが、六月の半ばから三たび火を噴き始めた。

浅間山は軽井沢の西、中山道の沓掛《くつかけ》宿がふもとにあたり、江戸からは四十里も離れているだというのに噴火のたびに江戸までが地震《じぶる》いをし、今日はついに灰も降った。

上野国はどこも厚い噴煙に覆われて日が射さず、あまりの寒さに皆、夏というのに綿入れを着ているという。

御城へは連日、代官所や近在の諸藩から知らせが来たが、噴火が収まったという見立ては一つもなかった。鳥たちは異様な鳴き声をあげて、今も昏《くら》い空を飛び回っている。

「殿、もう中へお入りくださいませ」

縁側で綾音が灯明をかざして手招きをした。

「やはりそなたの申した通りじゃ。ずいぶん灰が降ったらしいな」

御城にいて、暗くなってから御用部屋を出るようでは何も分からない。かといって江戸の様子からでは、四十里も向こうの災害はどこまで摑むことができているか。

「真実、此度の噴火もそれほど案じずにいて宜しゅうございますの」

意次の足下を照らしながら、綾音は不安げに意次の顔を覗き込んできた。

浅間山は五、六年に一度は火を噴くので綾音にはそう言ったのだが、さすがにこれほどくすぶるのは、常とは違う気がしていた。しかもまだ山は力を溜めているようで、夜になると、山肌に走った亀裂がぼうっと赤く焔に輝くのが見えるのだという。

「浅間山の北には草津の湯があるがな。花火より見応えがあるというので、大層な人出らしいぞ」

意次は綾音の手を借りて縁側に上った。

まだ意次が生まれる前、五代綱吉《つなよし》の御世には富士山が噴火したという。このところ意次たちはその折に諸国に課された高役金について調べていたが、諸侯に一律、百石につき二両出させたらしかった。

となると幕府直轄領が四百万石として、幕府は八万両を出さねばならない。いや、旗本の知行が他に四百万石あると考えれば、さらに八万両、計十六万両が要る。

「ああ、また倹約令を出さねばならぬ」

綾音には大げさに肩を落としてしょぼくれてみせたが、実際のところ、ここを巧く乗り切らねば幕府は倒れてしまう。

意次には浅間山の騒ぎがこれで終わるとは思えなかった。金子にすり替えて話のたねにしているうちが華だ。

「江戸にまでこれほど灰が降るのでございますよ。上野国では作物など埋もれておりましょうに」

「そうだな。灰は、川にも池にも容赦なしじゃ。水は飲めぬし、川床が上がれば僅かの雨です
ぐ溢れる」

「ああ、そのようなこともございますか」

この灰はどこまで飛んでいるのか。いっそ印旛沼辺りを埋めてくれぬものだろうか。

だが意次はすぐ一人首を振った。灰などでできた地面に稲が育つものか。

「しかしなあ。どのみち山が静かにならねば、御救い小屋など立てておられぬであろう。結局、灰も砂も海へ落とすしかなかろうが、今もまだ止んでおらぬとなれば二度手間になるだけじ

や」

「本当に、早く終いになりませんかしら」

そう言った綾音の願いは、それから十日して叶うことになった。

七月八日巳上刻、浅間山はついに大爆発をした。山頂からは焔に包まれた大小の石が一刻ものあいだ百丈よりも高く噴き上がり、火砕流は斜面を一気に滑り落ちた。

浅間山の麓は北側と南側が一瞬で土石流に呑まれ、跡形もなくなった。泥流は草津温泉にも達し、火山見物に来ていた大勢の湯治客が巻き込まれた。

だがその知らせが江戸城へ入るより先に、江戸の町には大きな異変が現れていた。

浅間山の近くを源とする利根川は常陸国と下総国を分けて西から東へ流れ、東端で海に注いでいる。流域には鬼怒川が流れ込み、その上手ではまっすぐ江戸湾へ注ぐ江戸川が分流している。

九日の未上刻、その江戸川が突如濁り始めた。猪牙舟《ちょきぶね》を操る船頭たちがどうしたのかと川上を見上げた途端、家屋の屋根やら簞笥やら、根から抉られた大木やら、猪牙舟よりずっと大きな残骸が浮きつ沈みつ川面を漂って来た。

茫然と櫂《かい》を止めて見入っていた猪牙舟は川上から順に押し流されて、幾艘かはその泥の波に呑み込まれた。次々と転覆するのに慌てふためいて仲間の船頭を引っ張り上げ、岸へ漕ぎ戻ってあとは固唾を飲んでその泥流を見守った。

馬の死骸だと誰かが指をさしたとき、次々に人の骸までが流れて来た。水かさは増し、押さえていなければ舟も流される。皆で必死になって舟を陸へ揚げ、大の男たちが恐ろしさに手を取り合っていた。

ものも言わぬ、どこから助けを呼ばれることもない静かな泥流は、延々と止まなかった。

もう界隈には浅間山が焼けていることは伝わっていた。毎日のように灰が降り、ときには風の向き次第で軽石がぱらぱらと落ちて来るのだ。川の源はその浅間山にも近く、そこには村もあれば人馬も暮らしている。それが、このありさまだ。

江戸城にも次から次へと知らせは届いた。その時分にはもう濠も濁り、水鳥は残らず岸から離れていた。

城下では皆が総出で掘割の芥《あくた》を掻き出し、声を潜めて噂をしていた。

そういえば昨日の朝四つ。あのときの地震いはいつもより大きくてな、特大の雷でも落ちたような音がしてなかったかい――

戌刻になってようやく泥流は収まってきた。御城に浅間山の詳細な様子が伝わったのもちょうどその頃だ。

昨八日の巳上刻の噴火は、まさに浅間山の総仕上げの大爆発だった。火口からは燃えさかった岩や石が吹き飛ばされ、小屋よりも大きな岩が落ちてきた村もある。

赤子ほどもある石が、力任せに投げたように雨あられと飛んで来る。近在の村では砂礫《されき》にやられるか、火の玉にやられるか、上空に噴き上げられた石が気まぐれに降って来るので逃げ場もない。

軽井沢宿では本陣が三棟まとめて押し潰され、辺りの家並は火を噴いた石に飛び込まれて一斉に燃え始めた。そしてついに山そのものが爆発して形を変えた。

明くる日の評定では、まだ少しは若い忠友がぽつりと言った。

「今年は、物成りが悪うなりましょうな」

幕閣の皆が考えているのはそのことだった。噴火の後始末にはいずれ取りかからなければならないが、不作凶作となれば京大坂や西国にまで障りが出る。

富士山が噴火したときは、小田原からは藩領の一部が返上されてきた。どうにも手が付けられぬというので幕府に丸投げされたのだが、幕府にもできることはなかった。

その土地で暮らす者に投げ出されてしまえば、周囲ができることは限られている。やはりまずはそれを支えるための食物に、焼け出された者らの生計の道だ。

だというのに昨年の暮れから日の本はあちこちおかしくなっていた。真冬に菜の花が咲き、突如巨大な筍が土から顔を出す。かと思えば春先は焚き火にあたりながら田植えをする。

あまりに長雨が続いたが、それは昨年もそうだった。干拓の道を探り始めていた印旛沼では、番所から榜示杭《ぼうじぐい》にいたるまで全てが水没して流されてしまった。

「どうしたらよいのであろう。いや、まずはどれからやるかだな」

康福が頭を抱え込んでいる。今の幕閣は経済に明るい者ばかりで、この急場を巧く凌がねば諸色の値が跳ね上がることはよく分かっている。

「意次殿……」

皆が意次に尋ねてくるが、意次こそが教えてほしい。もしもここでしくじれば幕府は消えてなくなるのだ。

そうとなれば戦国へ逆戻りか。刃を振りかざす者が得手勝手に振る舞い、人はまた街道一つ当たり前に歩くことができなくなる。

夜半、屋敷に帰ると綾音が式台に座って待っていた。

「あなた様はお可哀想に。あなた様こそが、どうすればよいかお聞きになりたいでしょうに」

綾音が呼び寄せたのだろう。相良にいるはずの伊織が後ろに控えていた。

天明三年（一七八三）も師走が近かった。今年は七月に浅間山が噴火し、西風に乗って灰の降った東日本では、どこもかしこもいっせいに不作となった。飢饉は冬の到来とともに烈しさを増し、東北では数万人が食えずにいると伝えられていた。

だが諸国はどこも穀止めと称して米を出さず、幕府も三十万両の費えを出したので拝借金を停止した。

そうなると領国の民が食えるかどうかは藩の政次第で、幕府としては民の怨嗟の矛先がこちらに向かうことも考えねばならなかった。

「京より西は豊作だというからな。この冬さえ凌げば、先は何とかなる。伊織も寒うなれば道中が厄介じゃ。こちらはかまわぬゆえ、相良へ帰ってやれ」

「はあ。しかしそれがし、気がかりもございますゆえ」

二人で座敷に火鉢を置き、まるで商人のように帳面を繰って数を突き合わせていた。

相良での費え全般は、思った通り、かなり潤っていた。

「意知のことならば、今は悠長に御国入りなどと言うておるときではないぞ。悪いが、しばし先送りじゃ」

「いや、さすがにそのことではございませぬ。相良へはそのうち、世が落ち着きましてから是非」

「ならば意知の屋敷のことか」

「はあ、まあ、それもございます」

三十五歳になった意知はこの十一月、若年寄に任じられていた。意次が老中に側用人を兼ね、そのうえ嫡男が若年寄というのは幕府でも例がなく、せめて双方の屋敷は分けたほうがよいというので、意知の家移りが考えられていた。

だがこの神田橋の屋敷は御城に近く、登城の便が良い。もとから新興の田沼家にはそれほど家臣がいるわけでもないので、意知が他所へ移るのには別段よいことがあるわけでもなかった。なにより肝心の意知が綾音と洒落本を読むのが楽しみなので、いっこうに家移りをしたがらぬのだ。

「住む所も失くした者が多い時節じゃ。田沼だけ新しい屋敷かと、またぞろ落書でも掲げられては鬱陶しい。もうこのままでよいのではないか」

「そうもまいりませぬ。新興の家ゆえに世間と足並みを合わせるほうが万般、波風が立ちませぬ。造作の一つも新しゅうするとなれば、それだけでも食える者がおりましょう」

「そうだな。分かった、綾音に見繕うように言うておいてくれ」

「承知いたしました」

だが伊織はまだじっと意次を見つめている。

「そうか。気がかりがあると申したな」

意次は観念して帳面を脇へ置き、伊織のほうへ向き直った。

「陸奥白河藩の松平様の御事にございます。殿は如何なさるおつもりでございますか」

「白河？　何のことだ」

「三日にあげず付け届けが来ておるとやら。あれは殿に格別の願いがおありですぞ」

意次は呆れて手のひらで遮った。さすがに贈答品など見ている暇はない。

「先般、白河藩では松平定信様が御家督をお継ぎあそばしました。おおかた、江戸城での詰之間を替えていただきたいと仰せなのでございましょう」

どこかで聞いたような話で、首をかしげた。

諸侯は家格により、将軍の拝謁を待つあいだ控える座敷が決まっている。そういえばたしか仙台の伊達家が、薩摩の島津家に張り合って同じ詰之間を願ったことがなかったたか。

「そうか、忘れておった。白河の松平家、新藩主は田安の定信様か」

「そう申したではございませぬか」

ふんふんと意次はうなずいた。

これを機に、先代藩主あたりが家格上昇を目論んだものとみえる。なにせ定信には十一代将軍の目もあったのだ。

そもそも白河藩は家格を上げたいあまりに定信を拝み倒して養子に迎えたほど、格式を重んじる家だ。

「おおかた溜之間にせよと言うのであろう。たしかにな、格別の譜代の伺候席であったの」

溜之間は御家門と名門譜代のみが入ることのできる座敷だ。彦根の井伊に高松などの松平、姫路の酒井といった面々だ。

「まあ、そのうちにな。今はさすがに上様にも詰之間を云々などと申し上げにくい」

いくら伝えるだけとはいえ、唖然とされる。浅間山の噴火からまだ三月余りで、東北には米もない。白河藩など、それどころではないはずだ。

今このときに家治に伝えぬことを、白河侯には逆に恩に着てもらいたいところだ。

「ですが東北は一様にひどい飢饉でございます。以前、西国が不作の折には上様も拝借金をお出しあそばしましたが、此度はほとんどございませぬ。これでは殿が要らぬ恨みを買われます」

「伊織らしゅうもない。上様の拝借金と、どのような関わりがある」

「詰之間を上げて、拝借金をうやむやになされと申しております。そうでなければ、殿にあれほどの付け届けがありますものか」

意次はついため息が漏れる。一体どんな品が来ているのか、座敷へ見に行く気も起こらない。この世に付け届けという言葉があることさえ、意次は長らく忘れていた。

「倹約令で贅沢品など売れもせぬ。ちょうどよいわ、金子のある者には買わせておけ。世の中に位をやるほど元手のかからぬものはない」

「そのかわりに殿が恨みを買われることになりますぞ」

伊織がくどいので意次は頭に血が上った。東北に米がないことに、無性に腹が立っていた。

「そなたは知らぬだろうがな。昨年は米の値が上がったゆえ、白河もどこも、米蔵の蓄えことごとくを京大坂へ売りおったのよ。考えてもみよ、浅間山の降灰で今年は米が穫れなかったとして、なにゆえどこの城にも一俵も残っておらぬ？　元来が、城の米蔵などというものは明日起こるかもしれぬいくさに備えて満杯にしておかねばならぬものじゃ。それを己で金子に換えておって、次は拝借金で米を買うだと？　馬鹿も休み休み言え。己で借財して、米を買うてから言うてまいれ」

伊織がぽかんと見返した。

「どうした」

「いえ。さすが、口の達者な御方じゃと思いまして」

ふん、と意次は鼻息を吐いた。

「そなたはいつものように文を書いておけ。御丁寧の御事、まことに痛み入って候、向後は書面にて十分也。これで十分の十二分じゃ」

「はあ。殿はいつの間にか、戯作まで身につかれましたなあ」

伊織はまだ言い足りない様子だが、意次は立ち上がった。

「江戸が案じておるより、東北には米があるのではないか。このようなときに藩主が欲しがっておるのが位官じゃというのだからな」

上野国の山の灰が奥州の物成りを狂わせたのだ。灰ごときに負けぬように、西日本の米を東北に送れぬものか。そして西国が飢えたときには、東国で助けられぬものか。

己はあと幾年働けるのか。明ければ六十六になる年の瀬に、意次は悔しさに拳を震わせていた。

# 第五章

## 一

天明四年（一七八四）正月、十郎兵衛は宗次郎とともに神田橋の意次の屋敷を訪れていた。

勘定方では意次の指示で大きな計画が二つ進んでいた。蝦夷地の一件と、印旛沼、手賀沼の干拓である。

干拓については近在に番所が建て直され、目論見図が作られている最中だ。だから今日は蝦夷地のほうを話すことになっていた。

座敷で待っていると、畳廊下から大股の足音が聞こえてきた。小姓などはおらず、いきなり勢いよく障子が開いた。

「待たせたなあ。今日は私も同席させてもらうぞ。なにせ若年寄様じゃ」

意知が満面の笑みを浮かべて入って来た。真っ先に宗次郎が嬉しそうに顔をくしゃりとさせて手をついた。

十郎兵衛も慌てて頭を下げた。

「これは意知様。昨年は若年寄にご就任の由、まことにお目出度う存じ奉ります」

「いや、すまぬ。つい言うてみとうなった。だが今日はそなたらが師匠、私は不肖の弟子じゃ。よろしく頼む」

意次は別件で遅れるとのことだが、意知と話をさせたいのかもしれない。この意次の嫡男は軽剽《けいひょう》と取られることもあるが、気さくで気っ風もよく、十郎兵衛も前々から親しみを持っていた。

とくに宗次郎のほうは狂歌や黄表紙を通じて意知と親しくしていた。さすがに意知が狂歌会に顔を出すわけではないが、町人たちが集まって詠んだ狂歌を伝えたりしているうちに、どことなく仲間のようになってしまったという。

歳は意知が宗次郎より十ほど下の三十六で、どちらも十郎兵衛にとっては威勢よく大海原へ漕ぎ出していく若者だった。

漁師のように逞しいところが二人はよく似ていた。

「それで、何を手にしておいでてございます」

宗次郎はさっそく意知が持っていた紙片に目を留めた。

「正月ゆえな。宝船を籍《し》いて初夢を看る、よ。いやはや、あとで川に流しに行かねばならぬがの」

意知は肩を回しつつ笑ってみせた。

意知の振った紙には、船に乗った七福神の絵が描かれていた。正月二日には良い夢を見るためにこの絵を枕の下に敷くのだが、悪い夢だったときは絵を川に流す。

「では意知様の初夢は」

「ああ。鷹が茄子を咥えて山の麓に舞い降りた。でかしたと思うたが、浅間山の裾野だったのでな」

思わず十郎兵衛は噴き出した。それを見た意知と宗次郎は、してやったりと得意げな顔つきだ。

だいたいが狂歌をやる者は、妙な語呂合わせや滑稽を有難がって、人を笑わせるのを何よりの喜びとする。十郎兵衛が察するに意次には十分その質があるから、何不自由なく育った意知は輪をかけてそんな人柄なのかもしれない。

だがそのせいもあるのか、意知は話し易く、気兼ねや気遣いがいらなかった。

そのうえ血の巡りの良さは父親譲りで、ときにはっとするほど聡明だった。昨年ようやく若年寄に任じられたが、勘定方では皆、遅いぐらいだと言い合っていた。

「『赤蝦夷風説考』だったかな。父上が大層学ぶことが多かったと仰せだったが、そなたらも読んだか」

十郎兵衛と宗次郎は顔を見合わせた。

「その顔は、とうに読んでいるか」

「はい。我らは勘定方の掛でございますゆえ。ですが御老中様がすでにご存知とは、畏れ入りましてございます」

「何やかやで、相良を任せた家老がまだ戻らずに江戸におるのでな。井上伊織と申すが、工藤《くどう》平助《へいすけ》先生当人から父上に見せてほしいと託されたそうだ」

意知はさらりと先生と呼んだ。

十郎兵衛はひそかに拳を握っていた。勘定方が意次に惚れ込んでいるのは、真に値打ちのあるものは、誰がどこから持ち出しても必ず一旦は考えてくれるからだ。

しかも意次はそれがどんなに奇抜でも、その先に光明があれば思い切ってやらせてくれる。

「父上から聞いたが、蝦夷には夷仁という民がおって、北からは魯西亜に苦しめられ、南からは松前藩に人とも思わぬ扱いを受けておるとやら。そうでなくても一年の半分を雪に閉ざされている国だろう。私はつくづく、奥蝦夷に生まれておればどうなっていたろうと思うなあ」

「面白いことを仰せになりますな。それがし、己が夷仁だったならばと考えたことは一切ございませぬ」

宗次郎が親しげに応えているので、十郎兵衛はひやりとした。だが意知は全く気に留めていなかった。

「そもそもは大権現様が、蝦夷地では松前藩の許しなくば夷仁との商いはならぬと定められたというではないか。だが夷仁に無体はならぬとも命じられたが、そちらのほうは守りもせぬのだろう」

十郎兵衛は宗次郎と首をかしげた。そんなことはまるで知らなかった。

「ならば夷仁の支配を松前にばかり任せてはおけぬ。幕府が乗り出すも道理じゃと、父上は仰せであったがな」

やはり意次はあっさりと事の要を突き、すでに突破口を開いているらしい。始まりが家康の朱印状だというなら、たしかに幕府は蝦夷に関わることができる。そこからあとは十郎兵衛たち勘定方の進め方ひとつかもしれない。

松前藩は室町の時分に和人を率いて夷仁を破り、蝦夷を支配するようになった。だがその後も夷仁とは諍いが絶えず、夷仁も西方、東方に分かれて争うようになったという。

ところが四代家綱のとき、東西に分かれていた夷仁が手を結び、和人に反旗を翻した。夷仁にすれば藩も幕府も知ったことではなく、周囲にいる和人があまりに非道を繰り返したからついに抗っただけだ。

しかしいくさとなれば、夷仁は百年にもわたる戦国の世を経て立った幕府の相手ではなかった。松前藩は権謀術数という美名をかぶせて騙し謀殺し、ついには津軽藩にも派兵させ、瞬く間に夷仁の反乱を抑え込んだという。

そのとき松前藩は夷仁と誓詞を交わしたが、そこにも松前藩との他には交易をせぬという一文があった。

「松前藩には四代様の朱印状もございます。ですが御老中様ならば、新たな道を探ってくださいますでしょうか」

「父上ならば、ということではないさ。十郎兵衛」

意知は大らかに笑っている。

「四代様の折の騒乱が収まったのは、幕府が他家にまで出兵を命じたからだろう。ならば松前だけの手柄ではないさ。家綱公も、蝦夷が日の本の土地だと思えばこそ軍勢を差し向けられた。となれば松前が独断で拙い支配を続けているからには、幕府が転封も減封も命じぬのは怠慢ではないか」

頼もしさに、十郎兵衛はいっきに身体の血が熱くなった。

「しかも魯西亜という気がかりもあることだ。夷仁が赤蝦夷に加担すれば大ごとになる、と工藤先生も仰せだとな」

宗次郎が力強くうなずいていた。これなら蝦夷地に巡見使を送ることは叶えられるかもしれない。

「長くかかると存じます。下役の派遣、お許しいただけましょうか」

十郎兵衛が思い切って言ったとき、宗次郎もわずかに身を乗り出していた。

「父上ならば、きっとお許しくださるだろう。だが、かの水戸光圀《みとみつくに》公が大船を遣わされた折、松前藩にいいようにあしらわれなさったというではないか」

「なんと、意知様はそのようなことまで聞いておられましたか」

十郎兵衛は正直、舌を巻いた。勘定方でも最近知ったばかりのことだ。

「よほど念を入れてかからねば、光圀公の二の舞だぞ」

「では意知様も関わってくださるのでございますね」

宗次郎が勢い込んだ。

「ああ。私は父上のなさることは何なりと手伝うつもりだ」

宗次郎はわっと小躍りして十郎兵衛を振り向いた。

そのとき障子が開いた。意次のほうが、座敷の騒々しさに驚いた顔をしていた。

*

朝餉を済ませて登城の支度を終えると、意次はいつものように座敷へ向かった。毎朝そこに置いた塗の文箱を開けてから登城するのが、意次のただ一つの決め事だった。

廊下を歩いて行くと意知が縁側に足をぶらぶらさせて座っていた。意次に気づいて軽く頭を下げ、恥ずかしそうな笑顔を見せた。

「なんだ、まだ登城しておらなんだのか」

「今日はなぜか、この庭が名残惜しい気がいたしまして」

「妙な奴だな」

意次も笑って傍らで足を止めた。

「そなたもそろそろ呉服橋の屋敷を居と定めよ。そう不便でもあるまい。若年寄の分際で神田橋から動かぬなどと言われては、またぞろ老中気取りじゃと指をさされるぞ」

「父上らしゅうもない。言いたい者には言わせておけば宜しゅうございましょう」

「龍助《りゅうすけ》も十二ではないか。そろそろ元服も考えねばならぬ。これからはそなたも年々忙しゅうなる。今のうちに相手をしておいてやれと申している」

龍助というのが意知の嫡男だ。意知には他にも男子が三人あるが、前に意次が暮らしていた呉服橋の屋敷で妻とともに生い立っている。

意知というのは意次から見ても面白い男で、男であれ女であれ、誰と話すときも様子がほとんど変わらない。軽々と相手の懐に飛び込んでしまうところがあるので、義母にあたる綾音とも世間並みの親子より仲が良い。

綾音と話すのを楽しがってこちらの屋敷に入り浸りなのだが、妻ともこれはこれで睦まじくやっているらしい。意知の妻は康福の姫で、幼い頃に仮祝言を挙げてそのまま嫁いで来ていた。

「父上。あの枝の間に、まだ少し残っております」

意知がすっと庭の桜に指をさしたので、意次もそばに屈んだ。

たしかに眩しいような白い花が二つ三つ、そこだけ風に忘れられたように枝から垂れている。

「ほう。随分と遅れたものだ。ああなると花のほうで照れて、早う散りたがっておるかもしれぬな」

「そうでしょうか。儚いといえども己の咲く時節を見定めて咲いておるのではございませんか。こうして父上と思いがけず花見ができたのです。よくぞ今日の日に咲き残っていたと褒めてやりとう存じます。あ、そうか。この話を聞いて、今はまさに照れておるでしょうな」

意知はそう言ってこちらを振り向いた。

意次は意知の肩に手を置き、それを支えに立ち上がった。思えば意次はもう六十半ばを過ぎた。引き際を見誤らぬように、退隠するときを考え始めたほうがいいのかもしれない。

「意知」

「はい」

「蝦夷地と印旛沼の干拓、やり遂げるのだぞ」

意知がくすりと笑って、顔の前で手のひらを振った。

「私が支度ができたと申すまで、御退隠はなりませぬ」

なかなかに察しがいい。打てば響くというのが意次にはこの上もなく頼もしい。

「そなたの支度を待っておっては、百まで生きねばならぬわ」

「その通り、百までお願いいたします」

朗らかに笑って、まだ座っている。

「早う行かぬか。老中より後に出仕するつもりか」

意知は小さく舌を出して肩をすくめた。そうしてようやく立ち上がった。

「父上」

意次は障子を開く手を止めて振り返った。

「毎朝、あの文箱を開いてから登城なさるのは決して欠かされぬのですね。一体、何が入っておるのですか」

「そうか。そなたにも話したことはなかったな」

綾音といい意知といい、勝手に開けぬのはさすがだ。

「そうだな。そなたには話しておいたほうがよい。今日、帰ったら見せてやろう」

「まことでございますか」

意知はわっと小躍りした。

意次は笑って、早く行けと手を払った。

「約束でございますよ。ああ、今日は急いで帰ります」

それだけ言うと、意知は少年のように廊下を駆けて行った。


未上刻、八つの太鼓が鳴り終わるとすぐ意次は御用部屋を出た。

今日は何が出来するということもなく、家治にも拝謁しなかった。そういえば家治は四十八だから、五十賀を見届けて己は退隠するのはどうだろう。そんなことをぼんやり考えながら、意次は駕籠に揺られていた。

屋敷に入り、着物を替えようとして手を止めた。もうじき意知も戻る、ならば着流しなどで話すのは相応しくない。このままで待つほうがいいだろう。

意次は縁側に出ると、今朝がたの意知のように足をぶらぶらさせて座ってみた。だがあまり落ち着かず、すぐ胡座を組んだ。

ちょうど意知が座っていた辺りだった。正面を見ると、今朝の桜がたしかに二輪、まだしっかりと枝に下がっている。

「そうか、今日はあまり風もなかったか」

持ち堪えているのが不意にいじらしくなって、そう話しかけてみた。すると桜は応えでもするように、ふわふわと風にそよいだ。

そのときふと妙に思った。まるで紅梅のように赤い色をしている。今朝は日の光を浴びて白かったのではないか。

もう夕刻かと空を見上げた。だがそんなはずもない、まだ日は中天を過ぎた辺りにいつも通りに輝いている。

もう一度、花を見た。そのときぞくりと背筋が凍えた。朝は白かった、それなのに今はまるで血のように赤い。

「殿！」

突然、伊織が走り込んで来た。後ろから同じような背恰好の男が、伊織を抜かさんばかりに大股でやって来る。

「御老中様」

若年寄の太田《おおた》資愛《すけよし》だった。

資愛は意次の膝にぶつかるほど近くに手をついた。

「桔梗之間で刃傷がございました。意知殿が二太刀を浴び、容易ならぬご容態にございます」

眩暈がした。それを払い除けるために意次は勢いよく立ち上がった。

「すぐ参る。駕籠を付けよ」

伊織が玄関へ駆けて行く。

式台まで出たとき、奥右筆組頭の安藤某《なにがし》という者がこちらへ上がりかけていた。若年寄の酒井忠休《ただよし》から遣わされて来たという。

「今から登城する。このままで聞かせよ」

「新番組番士の佐野政言《さのまさこと》と申す者が乱心いたしました。新番組の詰所前で若年寄の皆様のお見送りをしておりました。本日のお見送りが五人、そのうちの一人が佐野でございました」

駕籠は意次を乗せて走り出した。

若年寄は御用談所で役儀を終えると、隣の座敷へ出る。そこから中之間と桔梗之間を通って、畳廊下から下城する。

御用談所は膝詰めで話すためにわずか六畳で、声が漏れぬように隣に三十畳近い座敷が空けてある。新番所はその奥にある十畳ほどの詰所で、つねに五人が控え、幕閣が退出する際は立って見送る決まりである。

意知は同役の忠休、資愛とともに御用談所を出て隣の座敷で新番士の見送りを受け、中之間に入った。

中之間は四十畳、桔梗之間は三十六畳ある。そこでは大目付や諸奉行が立って見送るが、突然、佐野が後ろから走り寄って斬りつけたという。

「肩から袈裟懸けか……」

意次は絶句した。たしか二太刀を浴びたと言っていたか。ならば、もう息はないのではないか。

「殿中ゆえ、意知様は脇差を抜かず、鞘で受け止められました。咄嗟に、まさに感服するほかないお振る舞いにございました」

そう言うと安藤は息が上がったか、口ごもってしまった。ずっと駕籠の脇を走らせているからか、それとももうそれ以上、何も話せぬからなのか。

意次は拳を握りしめていた。

殿中では何があろうと刀を抜いてはならない。老中だろうと警固の者だろうと腰に差すのは脇差のみで、太刀は登城したときそれぞれの決まった場所へ置いておく。

幕閣の御用部屋は将軍の御座之間にも近い。抜き身を振り上げるなど言語道断だ。だがそれでも己なら、脇差を抜かずに堪えられただろうか。

駕籠は御門を走り抜けて城に入った。つい今しがた通ったばかりの同じ道だ。

意知はすでに別の座敷に運ばれていた。血の気の失せた顔色で瞼を閉じ、懸命に唇を噛んでいた。

左を下にして横向きに寝かされているのは、背と腹に傷があるからだった。背には右肩から腰に及ぶ大きな太刀疵があるらしく、晒《さらし》に伸びた真紅の一筋がじわじわと広がっていく。

「意知」

前に回ってそう呼びかけると、ぴくりと意知の瞼が震えた。

だが瞼は開かない。

「見事だったぞ、意知。後のことは何も案ずるな。さあ、屋敷へ帰ろうな」

耳は聞こえているのだろう、ようやく口許を緩め、ふっと笑みを浮かべた。その刹那、口から血が溢れ、意知は咳き込んで眉根を寄せた。

「案ずるな、休んでおけ。私が連れて帰ってやるぞ」

少しずつ息は細くなっている。

意次は布団ごと戸板に載せさせ、御門を出た。これほど長い道もない。

だが必死で巡らせる頭にはあのときの様が浮かんだ。五年前、同じようにして家基は城へ戻った。家治はそれを黙って堪えたのだ。

神田橋の屋敷へ入り、意知をようやく新しい布団に寝かせてやった。

「意知殿」

綾音がそっと呼んだが、もう意知は応えない。ただ細い息が間遠に続いている。

城からついて来た御番医師が、縫うかと尋ねた。だが意次は首を振った。

そばには龍助たちがいた。綾音がこちらの屋敷へ呼び寄せておいたのだ。

子らはそれぞれに父の手を握った。

「殿、どうか御目を開けてくださいませ」

意知の妻がまるで幼子のように泣きじゃくっている。

意次は座敷を出て縁側に腰を下ろした。

——家基。そなたがおらぬようになれば、私はどうすればよい。

あのときの家治の声が耳にこだました。

——なあ、そなたの他には誰もおらぬのじゃぞ。

意次には他に男子も、意知の跡を継がせる孫もいる。だが他の子が代わりになると思う親などこの世にはいない。

ほんの数刻前、意次はここで意知と並んで話をした。今、意次の目の先には、意知とともに見た散り残りの桜がある。

「まるで血の色ではないか、意知」

ふわりと暖かい風が頰にあたり、意知の笑い声が聞こえた気がした。

——そうでしょうか、父上。

「違うというのか、意知」

傍らで意知が微笑んだ。

——儚いといえども己の咲く時節を見定めて咲いておるのですよ。

そうだ。今朝方、意知はそう言った。

——最後に、父上と花見ができました。

意次は涙がこぼれた。たしかに意知の声だ。

「そうか。あの桜は、手柄の桜か。褒められて赤うなったのじゃ」

意次は両手に顔を埋めた。

たった一人の継嗣を喪ってさえ、家治は堪えたのだ。それを思わねば、もう意次は寸の間も嗚咽を堪えることはできなかった。

＊

四月二日、意知は静かに息を引き取った。斬られて八日、無言で闘い抜いた末のことだった。そして明くる日、下手人の佐野政言には評定所で切腹が申し渡された。

二十八歳になる旗本の新番組番士だったが、未決のあいだは御目見得以下が入れられる小伝馬町の揚屋に押し籠められていた。当人がひどい乱心ぶりで、士分の者を留めておける牢が他になかったからだ。

外見にはとりたててどうということもない。着物もきちんと帯を締めるし、壁に向かって何か唱えているだけで、じっと座っていることもできる。

だが押し籠められた最初の晩、出された夕餉を器ごと食べようとしたという。途中で気づいた牢番があわてて箸と茶碗を取り上げたが、そのときは膳に載っていたはずの小ぶりの湯呑みがどこを探しても見つからなかった。

揚屋でも皆が気味悪がって一切近寄らなかった。それでも中の一人が面白半分、話を聞こうと身を乗り出すと、猿のようなけたたましい声を上げて飛びかかってきた。

――ついに貴殿との宿願を果たしましたなあ。

訳知り顔でそう話しかけて、佐野は仰天したその相手に絞め殺されかかったという。

評定所で切腹を命じられたときも、どこ吹く風で中空を見つめ、申し渡した奉行の鼻先を指さして、何やら笑って独り語りを続けていた。

揚屋に連れ戻され、駕籠から出されて前庭に引き据えられたが、いっこうに気色は改まらない。検見役が座に着き、しばらく待ったが、前に置かれた短刀には目もくれない。

かといって佐野が抜き身を手にして暴れ出せば、厄介なことこの上もない。皆が固唾を飲んで見守っていたが、やがて介錯人が抜き身を手に取り、佐野の両手に握らせた。

――佐野よ、気の毒に、どう見てもそなたは乱心じゃのう。だがそなたのせいで大勢の御方が泣いておられる。あの世へ行って、きちんとお詫びを申し上げるのだぞ。

そう言い聞かせると佐野の腹に刃を突き立てた。そして佐野が腹を抱えて丸まったところへ、上から太刀を振り下ろした。

佐野の骸は新番組の朋輩が引き取りに来たが、身内の者はついに現れなかった。

佐野には七十を過ぎた老いた父母があったが、すでに隠居していた父は連座させられることもなく、改易により知行五百石の没収だけで済まされた。幸いにも子はいなかったので、妻も実家へ戻るだけで静かに生きて行くことが許された。

「御奉行……」

十郎兵衛が我に返ると、宗次郎が文机の前に座っていた。障子を開けて入って来たのにも、己はどうやら気づいていなかった。

「ああ、すまぬ。あまりに静かゆえ、うたた寝でもしておったか」

「いえ。ずっと目は開いておられましたぞ」

ついい十郎兵衛は目を逸らした。

意知の刃傷があってから勘定方では誰一人、話をしなくなった。凍りついたような座敷には算盤《そろばん》の音しか聞かれず、十郎兵衛はこの十日ほどのあいだに、珠を弾く音で誰の算盤かが分かるほどになった。

「宗次郎はさすがじゃの。今日も手は止めなかったとみえる」

十郎兵衛は宗次郎が携えている書付に目を落とした。何か決裁がいるので十郎兵衛の用部屋へ来たのだろう。

「いえ。それがしはそのような出来物ではございませぬ。手ぶらでは御奉行のもとへは参りにくうございましたゆえ、文机の上から持って参りました」

「そうか」

奉行所には御城の様子は漏れ伝わってくる。肝心の意次は淡々と御役をこなしているという。

「まことに人の噂というのは奇妙なものでございますなあ、御奉行」

「そなたは狂歌をやるゆえ、書肆にも戯作者にも顔が広かろう。なんぞ面白い話でも耳にしたか」

「そちらよりは、吉原の筋からでございます」

「宗次郎が吉原の花魁《おいらん》を身請けしたという話ならば要らぬぞ。もう一通り耳に入っておるゆえな」

　どうせ尾鰭がついているのだろうが、宗次郎は千両を出して花魁を妻にしたという。これだけ忙しい御役の合間に相場をし、千両も蓄えたのだとすれば大したものだ。

「それがしのことではございませぬ。御老中様の関わりでございます」

「田沼様の？」

　宗次郎は膝を詰めてきた。

「刃傷に及んだ佐野某、意知様に元から遺恨があったとやら」

「なんだと」

「佐野というのは元々、紀州藩の出らしゅうございますが、御老中様も左様でございましょう」

「ああ。吉宗公が紀州公であられた時分に、父君が小姓をしておられたそうだな」

　宗次郎はむっつりとうなずいた。

「佐野は御老中様と同村の生まれとやらで、意知様が佐野に、系図を見せてほしいと仰せになったとか。ごらんになった御老中様が、佐野のほうが名族ゆえ、ぜひにも系図を売ってくれと仰せになったそうにございます」

「ふむ、それで」

「佐野は、系図ばかりは売れぬと首を振ったのですが、御老中様がいっこうにお返しにならなかった。それゆえ佐野は思い余って意知様に斬りつけたとか」

「ふうん。系図となれば、武家にはありそうな話じゃな」

十郎兵衛は不思議になって考え込んでしまった。

こと御殿での刃傷となると、なぜ斬られた側に非難が集まるのだろう。舅が殺された松平伊豆守信綱がそうだったし、赤穂浪士の一件では、いまだに吉良家と上杉家が一方的に非があったと言われている。いや、これが判官贔屓というものか。

「御老中様は出自などにはこだわっておられぬわ。第一、父君が六百石取りの御小納戸頭取だったことは皆が知っておるではないか」

「左様。今さら系図で取り繕うことでもあるまいと存じます。そもそも佐野にしたところが、御老中様が系図を欲しがられるほどの名門ではございませぬ」

やはり十郎兵衛は首をかしげるしかない。

「あるいは佐野の父が、御老中様の父君の上役だったとやら申し、佐野がその筋から格別の御役を意知様に懇願しておったそうでございます。意知様に六百両からの賄を渡したがお聞き届けにならぬゆえ、ついに堪忍袋の緒が切れたとも」

十郎兵衛はため息を吐いた。

「そなたといい佐野といい、大した羽振りじゃの。新番士にそのような金子が融通できるならば、御役など就けてもらわんでも構わぬではないか」

他にもあるのかと十郎兵衛は尋ねた。

「まあ、系図と六百両が逆さまというのもございます。御老中様が借りた金子をお返しになららぬ、系図をかたに御役を約しておられた、はたまた系図も金子も渡しておったが云々と」

「もうよい」

十郎兵衛はうんざりして手のひらを振った。

全くつまらぬ話が次から次へと出ている。十郎兵衛も刃傷の朝の田沼邸の話は聞いた。庭の花はもちろん、襖に障子、朝餉の白い飯から清まし汁に至るまで、屋敷のものがことごとく赤い血の色に染まって見えたというのだ。

「御老中様も意知様も、むしろ町で評判の良い御方だがな。それがそのような話が出るとは、どこぞによほど恨んでおる輩がおるかの」

「吉原には御老中様が新税を課されましたからな。いつの世も、金子を巻き上げてゆく者は相手に憎まれますな」

十郎兵衛たち勘定方の者もそうだ。御上の手先として次から次へと悪智恵を働かせ、今日も明日も算盤を弾いていると言われている。

「皆、御老中様のお働きぶりを見に来ればよい」

嫡男を無惨に殺されて、それでも何ごともなかったように精勤している。誰に当たり散らすでもなく、勘定方が総出で勤めねば追い付かぬのは前と全く変わらない。

「百歩譲って噂が事実だったとして、番士が若年寄を斬り殺したのだぞ。それも背後から突然斬りつけたというではないか。そのような卑怯をするとは、もはや武士とも呼べぬ」

「…………」

「しかも殿中じゃ。御城で刀を抜くなど、まともとは思えぬ」

「それゆえ乱心なのでございましょう。真、噂とは妙なことでございます」

「戯作者どもが得手勝手なことを書いておるのではないのか」

口にしてから気がついて肩をすくめた。まだほんの十日ばかりだ。黄表紙の類いもさすがに出てはいない。

「御奉行はまたぞろ狂歌会を疑われるのでしょうが、狂歌の材にはなりませぬな。人の死に滑稽をまぶして笑い飛ばすなどは、元からできぬことでございます。狂歌師は意知様のことも佐野某も、材にはしませせぬ」

「そうかな」

「南畝などは刃傷のあらましや評定所で御詮議が始まったことから全て、佐野への申渡書まで書き写しております。たとえば座敷のどこに誰がおり、意知様がどのように隣の間へ走られて倒れ、相役の者らはそのあいだ何をしておったかなど」

大田南畝は宗次郎が親しくしている狂歌師だ。まだ三十半ばだが狂詩や狂文も巧みで、今や江戸一と名が高い。

「南畝は御徒にございます。御詮議掛には御徒目付も加わりましたゆえ、勘定方より詳しゅうございます」

幕閣の見送りには勘定奉行も二人が立つ。あの日はたまたま十郎兵衛ではなかったが、その場に居合わせたとしても己に何かできたとは思えない。

「御徒ならば、常の御役は新番士と何も変わらぬのだろうな」

御供番では幕閣の退席をそばに立って見送り、不寝番では夜通し御城に詰めている。まだ家康の時分から、勤め明けの士たちの乱心は途絶えたことがなかった。いつもこうして、前の刃傷を忘れかけた頃に次が起こる。

「じっと座っておるだけの御役は、風狂の気のある者には辛いものかもしれぬ」

十郎兵衛も天守番だったときは、この御役が一生続くのかと気が狂いそうになったものだ。

「佐野が乱心で、一族の者は命拾いでございます。真に系図のせいならば、あの程度の仕置きで済まされるはずがございませんのに」

十郎兵衛たちはその日、そのままいつまでもぼんやりと座敷に座っていた。

## 二

意知の死から五日で、関わりを持った者たちの処分は全て終わった。もう春も行ったが、御庭では高々と雲雀がさえずっていた。

あの日、意知と並んで退出していた若年寄の太田資愛、酒井忠休には、隣り合いながら何もしなかったというので家治から勘気が伝えられた。もう一人、別件で御用談所に残り、意知たちが去るのを見届けて杉戸を閉めた若年寄の加納久堅《かのうひさかた》にも、同じように勘気が申し渡された。

三人は揃って登城差控えを伺い出たが、家治は目通り差控えのみにした。

意次が拝謁をたまわったとき、家治は胸の裡《うち》でも探るように意次をじっと見つめた。

「此度は長々とお煩わせいたしました。何卒お許しくださいませ」

「真実、この程度の処罰でよいのか。余も意知が奥勤めをしてくれるのを楽しみに待っていたのだぞ」

意知は若年寄に任じられたとき、月番の代わりに奥勤めをするよう、家治から格別の言葉があった。意次はそろそろ退隠を考え始めていたから、次は意知が御側を兼ねることになっていた。

その披露目もあって、昨冬の家治の御成には意知が供をしたのだ。

目黒筋と小松川筋への御成で、意知は家治のすぐ脇を歩いたが、意次はあのときの意知の誇らしそうな顔が忘れられない。あの二度を思い出すだけで、意知は十分仕合わせに生きたと考えることができる。

「上様に過分のお言葉をいただき、意知も思い残すことはなかろうと存じます。資愛たちは幕府の重臣でございます。たまさか巻き込まれたにすぎませぬゆえ、大切な御役が滞ってはなりませぬ」

巡り合わせが悪かったといえば、あの日ちょうど佐野と相役だった四人の番士たちだ。四人は御役を罷免され、無役の小普請組に入れられた。

あとはその場に居合わせた大目付二人と目付三人が差控えを命じられた。目付には罷免された者も二人あったが、そのときその場のどこにいたか、佐野を取り押さえるために何をしたかが詳しく詮議された上でのことだった。

「意次が望むならば、他にどのような処分もする。余に、願いはないか」

意次は微笑んで首を振った。

「それがしの望みは、全て叶えていただきました」

「そうか。そうだな、何をしようと意知は戻って来ぬ」

家治とは、互いに嫡男を亡くした者同士になった。これで意次は前より家治の悲しみに寄り添えるようになったのだから、意知ほど孝行な子はいない。

「意次。余とそなたは、共に子を喪うた。意知は最後に、余の苦しさをそなたに悟らせて旅立った。余にとって、意知ほど忠義の者はおらぬ」

意次は懐を押さえた。そうでもしなければ涙が落ちかねなかった。

「家基を喪うたとき、余は、悔いはないと申した。覚えているか」

「一日たりと忘れたことはございませぬ。それがしは、その御言葉の意味を生涯問い続けると申しました」

「分かったのではないか」

「滅相もない。倅と家基様とでは比べるべくもございませぬ」

「意次」

家治が優しく呼んだ。

「そなたも、悔いはなかろう」

命は人には去ることを止められぬものだ。誰にも、持って生まれたものだとしか諦めようがない。

「上様。それがしは、意知を全うさせたと思います。神仏の課された意知がこの世でなさねばならぬことを、それがしは全部させました。それゆえ、もはや悔いはございませぬ」

「その通りだ、意次。将軍も老中も、子にはさせねばならぬことがある。我らは互いに、わが子にそれは全うさせたであろう」

「勿体ないお言葉にございます」

家治は意次より二十近くも年下だ。だというのに意次はまだ家治には遥かに及ばない。

そして家重にも、己は決して届かない。意次は懐を押さえて涙をこらえた。

「意次。余は家基を喪うたとき、半月余りも立ち上がることができなかった。だがそなたは一日たりと顔を変えなかったではないか。あまりに見事であった。なにゆえ、そのようなことができた」

「畏れながら、それがしには上様という前を歩く御方がおられました。そして、家重公のお言葉がございましたゆえ」

「余が将軍職を継いだときであったな。父上のために二ノ丸御殿を普請し終えたそなたに、父上はまたうどと仰せになった」

あのとき座敷には家重と家治、そして意次と武元がいた。意次は家治の御用取次となり、どうにか家重の言葉を皆に伝える御役を始めたばかりだった。

だがもちろん忠光のように家重の言葉を一言一句聞き取ることはできない。忠光がいなくなると、もとから言葉数の少なかった家重はいよいよ無口になり、周囲が尋ねるのへ首を縦に振るか横に振るか、それだけで家重の日々は流れていた。

武元と意次は家重との関わりも長く、家治には父の言葉をそのまま解せるときもあった。だからその四人でいるときが家重にとっては一番気安かったのかもしれない。

四人のときは武元がいつも天真爛漫、家重の言葉を聞き取っては伝え、あまりに違うと、家重が笑って首を振った。意次はつねに家重の顔を見守り、夢中で喋る武元を遮るのが御役のようなところもあった。

――武元様。大御所様が、そうではないと仰せでございますぞ。

意次が笑って割って入ると、武元はこちらを振り返って口を閉じる。

――酒宴じゃと仰せなのではなく、今宵は十三夜ゆえ、皆も早う屋敷へ帰って月をゆっくり眺めよと仰せでございます。

すると家治が笑って口添えをする。

――そうじゃ、爺。父上の御顔を見てみよ。

家重を振り仰ぎ、気づいた武元はぴしゃりと己の額を打った。

――なんと、これは。今宵は十三夜にございますゆえ、それがしは大御所様からそのように仰せがあると存じ、ただ今は、すわこそと思うたのですがなあ。

――爺はのう。そこまで思い至ったならば、なにゆえ父上が宴などと仰せになると考える。

大御所様は、団子より花の御方であろう。

家治の言葉に、家重も相好を崩した。家治と武元と、三人で心を合わせれば、どうにか忠光の代わりもできた。

「あの折は、武元様が不思議な御力を貸してくださいました」

「そうであった。どうやって聞き取ったか、方人《かたうど》などと申しおってなあ」

方人とは味方を意味する。その言葉が武元の口から出たときは、あまりにも思いがけなかったので意次も家治も驚いた。

――大御所様、ただ今はこのように仰せになりましたろう。意次は方人の者なり、と。

武元は自信満々、腕組みをして一人で得々とうなずいていた。

意次はただ茫然として、家治と顔を見合わせた。己ごときが家重の味方だなどと、畏れ多いにもほどがある。

おそるおそる家重を窺うと、家重も困惑した顔をしている。さてどうしたものかと軽く首をかしげ、家治も戸惑っていた。

――父上……。

いつもは真っ先に察していた意次自身、何も思い浮かばずにぼんやりと座っていた。

気がつくと家治が立ち上がって、座敷の隅に置かれていた文机を持ち上げていた。

意次は慌てて立った。忠光が退隠してからも片付けられることのなかった文机だ。よくそこで筆を走らせていた忠光の、よすがの品でもあった。

――かまわぬ、意次。父上は私に持って来るように仰せつけられた。

上段の家重の前に家治が文机を置いた。

――もしや、お書きになりますか。

家重はうなずいた。

家治が黙って硯箱を開き、筆先に墨を含ませた。

だが家重の右の手は力が入らない。ほとんど動かすこともできず、左の手もずっと震えている。生涯一度も文字を書いたことがないのはここにいる皆が知っている。

家治が筆を差し出すと、家重は左手で軸を握った。

意次と武元はただ固唾を飲んで見守っていた。家治が紙を押さえ、家重の衣の袖を捲るなどしているのに、意次はただぼんやり座っていただけだ。

――父上。

家重はうなずいて紙に筆を下ろした。一画ごと、筆を持ち上げるたびにぽたりと墨が落ちる。

懸命に手を動かしている家重の顔は、耳朶まで赤く染まっていた。

それでも家重は諦めず、四字を書ききった。

――またうど……。

家重が筆を置いて微笑んだ。意次が慕い続けてやまなかった、淡い笑みだった。

「あのときは爺が、真っ先に身を乗り出してまいったなあ」

思い出すとつい涙が滲んできた。

――意次は、またうどの者なり。そうか、大御所様はそう仰せでございましたか。

今度こそ家重ははっきりとうなずいた。

――なるほど、なるほど。それゆえ皆、意次にはなにごとも信頼して委ねよと。大御所様はそのように仰せなのでございますな。

家重が力強く腿を打った。

「あの折に頂戴いたしました、それがしの宝でございます。それがしは、これの他にはこの世に欲しい物などございませぬ」

意次は懐に手を入れると、袱紗《ふくさ》に包んだ紙を丁寧に差し出した。いつも大切に文箱に入れ、登城する前に必ず出して拝んできたものだ。

筆など持たなかった家重が、生涯で唯一書いた文字だった。不如意な手で、耳たぶまで真っ赤にして懸命に伝えてくれたこの言葉にだけは、意次は何があろうと背かない。

「ずっと文箱にしまい、朝夕に出しては手を合わせてまいりました」

あの目黒行人坂の大火で屋敷が焼けたときは、なぜずっと懐に入れておかなかったかと悔やんでも悔やみきれなかった。

だが燃えなかったと知った後も、意次はふたたび文箱に入れて同じように違い棚に置いていた。

この春に、意知のことがあるまでは。

「身につけておれば、大切な紙が擦れてしまいます。やはり文箱に入れておくことにしたのでございますが、今はもう、かたときも離すことができぬようになりました」

家治が紙に手を伸ばした。高く掲げて一礼し、そっと開いた。

「ああ、この御筆跡だ。余は父上の文字を見たのは、この四字のみだ」

この紙の端を家治が押さえ、家重は筆を下ろした。

「余もあの折の父上のお姿は忘れられぬ。苦しげな息を吐きつつ筆を動かしておられるとき、それまで見たこともない父上のお姿がふと浮かんでまいったゆえ」

「見たこともない、お姿……」

家治が物心ついたときには、家重はつねに穏やかで思慮深く、誰よりも敬うに足る父だった。だがこの父には誰にも気づかせずに来た、黒い、昏いものがある。

それはきっと家治には分からない。分かる者がいるとも、分かってほしいとも家重は思っていない。たぶん家重は、忠光にさえそれは見せなかったろう。

だがもしかすると忠光だけは知っていたのかもしれない。それを、だが忠光は気づかぬふりで通したのではないか。忠光でさえ、そう振る舞うしかない昏さではなかったか、と。

「それでも父上は、それを乗り越えられた。この文字は、その父上の思いの表れだと、余はあのときに知った」

ついに意次は涙が落ちてしまった。

「それがしは、あのときと同じことを申し上げるほかはありませぬ。上様、どうぞこの先も意次めをお導きくださいませ」

やはり意次は家治には遠く及ばない。意次はそんなことまでは思いもしなかった。

「ならば余も同じことを申す。そなたがへこたれておっては、あちらで意知が父上や忠光に合わす顔がなかろう。意次、挫けてくれるな」

家治の穏やかな笑みが家重に重なって見えた。

＊

前の晩に小雪が舞い、夜明け前の奥州街道は厚い雲が道の先を隠していた。陸路を蝦夷松前に向かう御家人は、普請役五人とその下役の総勢十人だった。

十郎兵衛は宗次郎たちとともに日本橋を過ぎ、千住まで見送りに歩いて来た。冬に北へ向かう道中は厳しいが、蝦夷を見分できるのはせいぜい三月から七月の間である。それまでに見分隊は蝦夷へ渡り、春に新造船が着く前に一通りの下調べをしておかねばならなかった。

この五月、十郎兵衛たちはついに蝦夷に関する伺書を仕上げ、意次に渡していた。前月に意知の死があったので先送りになると見越していたが、同じ月の内に正式な蝦夷地見分の許しが出、逆に十郎兵衛たちが松前藩との折衝に三月を要したために出立が十月に遅れたのだった。

まさかこれほど早く幕府が本気で蝦夷に取り組んでくれるとは、十郎兵衛たち勘定方も期待していなかった。遠国のあまりに伺書でも断定できることはほとんど何もなかったから、これまで松前藩にいいように翻弄されてきたことのほうばかり多く書くことになった。

それでも松前藩には抜け荷の一件をちらつかせ、此度の見分が失敗すれば改易だと脅しつけたのが巧くいった。抜け荷についてはまだ確証はなかったが、前任の久敬が送った見分隊をろくに松前すら案内しなかったことは、蝦夷地の絵図を手に入れたことで明らかになっていた。

幕府が諸国の鉱山開発に躍起になっていたおよそ二十年前、久敬は金山を探すために目付たちを蝦夷へ遣わした。だが松前藩はちょうど大水で水没していた広大な鉱山を見せ、見分さえ不可能だと思い込ませて帰したのだ。

「此度は松前藩も滅多なことはないだろう。春には後発隊も着くであろうゆえ、くれぐれも功を焦るな。二年や三年で何がどうなるものでもない、それは御老中様もよく分かっておいでだからな」

十郎兵衛は普請役それぞれの肩に手を置いて言った。

今、伊勢の大湊で八百五十石積みの廻船が二艘建造されている。これは水主を三十人も使う大きなもので、鉄炮洲の商人に拝借金を出して請け負わせたのだ。それが次の春には見分隊を乗せて奥蝦夷まで行く。

「米ができぬなどと藩は申しておるが、土は大層肥えておるとも聞く。川が至るところ流れておるゆえ、水路を引かずとも田に化けるはずじゃ」

それが真実ならば日の本はどれほど米を得られるだろう。そもそも魯西亜は蝦夷よりもさらに北にあるが、大船を仕立てて南下できるほど豊かなのだ。蝦夷でのみ食物が穫れぬはずがない。

「魯西亜は夷仁にさまざま交易を持ちかけている。だが松前藩では、そのことを幕府に話せば死罪じゃと申しておるとか。そのあたりを冬のあいだに探っておけば、このさき如何様にも合力させられるゆえな」

松前藩は刃物を禁制品としているから、夷仁はろくに切れるものを持たない。だから鋤《すき》や鍬もなく、田畠が拓けぬだけかもしれない。

勘定方が本腰を入れて調べ始めると、江戸でも蝦夷について多少のことは分かるようになった。これで見分隊が一年、二年と蝦夷へ行けば、思いもかけぬ宝が見つかることもあるだろう。

「しばらくは苦労をかけるが、帰りは船じゃ。この冬さえ堪えてくれれば、春には米俵を山と積んだ船が着く」

なにせ八百五十石積みの新船なのだ。水主も乗せて行くし、この見分には幕府が今もっとも力を入れている。

普請役の佐藤玄六郎《さとうげんろくろう》というのが、恐る恐る尋ねた。

「その船には酒樽もありましょうか」

「ああ、好きなだけ、浴びるほど飲め。夷仁に、江戸にはこれほど美味い酒があると羨ましがらせてやれ」

「畏まって候」

玄六郎が陽気に応えたとき、日本橋の方角から立派な駕籠が駆けてきた。

供侍がどうやら十郎兵衛たちのほうへ合図の手を上げている。

見守っている間に駕籠は追い付き、戸が開いて意次が顔を覗かせた。

「これは、御老中様」

驚いてその場に膝をつこうとすると、待て待てと大慌てで意次のほうが手のひらを振った。

「待て、私が立つゆえ、濡れた土に座らんでよい」

意次が慌てたので駕籠がぐらりと揺れ、十郎兵衛と宗次郎が手を添えて支えた。

安堵の息を吐いて意次が降り立った。

「見送りは日本橋じゃと思うたゆえ、遅うなった。間に合うて良かった。蝦夷へ行ってしもうては、なかなか労うてもやれぬゆえな。それで、東蝦夷と西蝦夷に分かれて見分に参るのであろう。山口鉄五郎《やまぐちてつごろう》、青島俊蔵《あおしまとしぞう》」

ふいに名を呼ばれた普請役の二人が驚いて頭を下げた。

「東へ参るのはそのほうらか。東蝦夷はほとんど何も分かっておらぬゆえな。気をつけて行け」

二人は思わずその場にうずくまった。それを急いで意次は立たせた。

「西は庵原弥六《いはらやろく》に佐藤玄六郎」

玄六郎が大声で返事をした。皆が己の名を知られていることにたちまち顔を上気させた。

「頼もしいかぎりじゃ。ともかくは生きて帰れ」

「忝うございます」

「ではそなたが皆川沖右衛門《みなかわおきえもん》じゃな。一人で松前に留まるとは、まさに扇の要じゃ。藩士がどのような手合いか分からぬゆえ、さぞ苦労をかけるであろう」

意次のことを少しは知る十郎兵衛たちも、やはり内心驚いた。意次は伺書を隅から隅まで頭に入れているのだろうか。

「山口と青島は厚岸から霧多布《きりたっぷ》、国後島へ参るそうじゃな」

二人が神妙にうなずく。

「そして庵原と佐藤は、西回りで宗谷《そうや》まで」

「はい、左様にございます」

玄六郎は勢い込んで応えている。

「廻船の到着が四月となれば、庵原殿は先に陸路を宗谷へ向かわれます。それがしは遅れて船にて宗谷へ向かい、そこで船を受け渡して庵原殿は樺太《からふと》へ、それがしは陸路を奥蝦夷へ参る所存にございます」

「そうか。なんと遠大な巡見の旅か。さぞ危うい目にも遭うだろう。だが今の世に、そなたちほど武士に相応しい生き方のできる者を、私は他に知らぬぞ」

「ああ、まことに左様にございます」

宗次郎が横からそう口を挟んだ。宗次郎は御役さえなければ、実は己が蝦夷へ行きたくてならぬのだ。

「そうだな、宗次郎。だが未だ見たこともない獣がおり、夷仁よりも藩士のほうが信じられぬという国じゃ。よほど腕に覚えがなければ務まらぬぞ」

五人がそれぞれにぱっと顔を輝かせた。皆、蝦夷巡見と聞いて自ら名乗りを上げた者たちなのだ。

「御老中様、まことに忝うございます」

山口がそう言って、最後にそれぞれが頭を下げた。

「行くか」

「はい」

「いくさ場と心得て行くのであろう。ならば、戻る勇気を決して忘れるな」

「戻る勇気、でございますか」

山口が目を見開いた。

意次は普請役の五人とその下役たちの顔を一人ずつまっすぐに見つめた。

「一年や二年で成果を出さねばならぬと思うな。ほんの一里進むだけでよい、行けぬと思えば戻り、その一里の様を次の者に伝えることが御役と心得よ。決して死ぬな」

皆が立ち去りがたいと思ったのだろう、意次は先に駕籠に乗った。

「そのほうらの話を聞くのを、楽しみに待っておるぞ」

意次の駕籠が街道を戻って行った。

一行はそれを見送ると十郎兵衛たちに背を向けた。

「お言葉、胸に刻みました。行って参ります」

朝日が射し始めていた。行く手を覆っていた雲が少し明るくなった。

＊

雪解けが始まった春、示し合わせたかのようにあちこちで洪水があった。冬は汗ばむほどの陽気だったから、雪が異様に解けたせいもあったろう。

だがそもそもは前々年の夏、浅間山の山焼けがあり、関東一円が灰をかぶったからだった。川という川は降灰で川床が上がり、わずかの増水でたちまち氾濫した。

江戸では仙台の伊達重村から関東筋川を浚《さら》えたいとの申し出があり、物の流れも滞らぬようになっていたが、それは江戸界隈だけのことだった。灰をかぶった田畠では作物が全く育たず、山焼けによる不如意は今年も続く気配だった。

それでも春の終わり、大湊で造られていた蝦夷探索の廻船が出来上がって品川に廻漕されてきた。そこで六百俵の米、百二十樽の酒、あとは木綿や油樽、鍋釜の類いを満載して、船は意気揚々と蝦夷へ旅立った。

蝦夷で交易ができるのは松前藩のみだ。本来、帰りは空にして戻らねばならぬ船だが、意次は藩に有無を言わせなかった。そうでもしなければ次の冬、空船ではとても日本海を渡ることはできないからだ。

いっこうに気候の定まらぬ春と夏を過ぎて、やはりまたあちこちで不作が起こり始めていた秋、とりわけ琉球が目も当てられぬ飢饉だというので薩摩藩から拝借金願いが出された。幕府は一万両と米一万石を貸すことになった。

薩摩は六年前に桜島が大噴火をし、長々と不作に喘いでいた。だがなんといっても島津重豪はもはや将軍世子の義父、ただの遠国の外様などではなくなっていた。

「大名家の台所はどこも火の車じゃ。何か妙案はないかのう、意知」

意次は屋敷の縁側に座って、ぽつりと声に出してみた。その死からまだほんの一年半だが、我ながらずいぶん久しぶりで口にした名だと思った。

座敷で書付を整えていた用人の三浦庄司《みうらしょうじ》が、呼ばれたと勘違いしてそばまで来た。

「実は一つ、お話ししたいと考えていたことがございまして」

「そうか。申してみよ」

「されば。このたび殿は大坂の豪商たちに御用金を命じられますとか。ならば商人どもばかりでなく、寺社や百姓、町人どもにも課されては如何でございましょう」

「百姓、町人たちにもか」

意次の胸のどこかから、どうせ巧くゆかぬという声が響いてくる。これは昔から意次に備わっている勘のようなものかもしれない。

大坂の商人たちに課した御用金は、大名家への貸し渋りをなくすためだった。だから御用金といっても金子を幕府に納めさせるわけではない。御用金と名を付けて各々の蔵に別に積ませておき、そこから大名貸しとしてのみ取り出させる。そのとき幕府が返済を担保するので、貸し倒れにならないという仕組みだ。

かわりに幕府は大名家から応分の田畠を預かり、その年貢を幕府の蔵に納めさせる。むろん利息はあり、商人たちは六朱、幕府は一朱を取る。

「此度の御用金は大坂代官支配地の者は、百姓も寺社も課されると伺いました。ならば似たようなものではございませんか」

意次の勘では、こちらは巧くゆく。そもそも、この仕組みは今すぐにでも拵えておかねばならぬものだ。

商人たちの蔵には金子がうなっている。それを死蔵させるのではなく、日の本の津々浦々に行き渡らせる。そうすれば交易での銀銅の不足も少しはましになるというものだ。

「だがな。その御用金もよほど幕府は辛抱せねば、商人どもがごねるぞ。いくら蔵から直に出させるわけでなくとも、己の好きに動かすことはできぬのだ。私が商人であれば、なんのかんのと申して、そうは大名には貸さぬがな」

そして幕府が癇癪をおこして御用金令を撤回するのを待つ。ゆるゆると幕府の出方を待っているのもまた、美味い酒の肴になる。

「大商人にばかり御用金を課されますゆえ抗うのではございませんか。寺社も大きいものばかりになさらず、山伏たちにも課すといたします。百姓も石高に応じて、町人は家作の間口によって、広く平たく御用金として集めます。低めに、そのかわり五年ほど続けることになされては如何でしょうか」

「なるほどなあ。広く薄くを五年間か」

「左様にございます。寺社の勧進と同じようにいたします」

仏像などの修復で金子を集める手だ。

だがあれは神仏のためだから成り立つ。日ごろ威張り散らしている大名相手に、貧しい暮らしの中から金子を納めるだろうか。

「それはなかなか巧くゆかぬだろうな」

「そうでしょうか。それがしが懇意にしております士など、そのやり口で大坂の東照宮を再建したと申します」

「そうか。そのようなことがあったとは初耳じゃな」

「伊織様が今江戸におられたら、同じように仰せになると存じます」

「いや、なあ」

伊織ならば止めておけと言うのではないかと思った。だが決めねばならぬのは意次だ。人の顔を思い浮かべるとは、意次はやはり勘が鈍ってきたのかもしれない。

ただ意次はもうこれ以上、江戸の町で悪し様に言われるのは辛かった。いつどこで始まったのか、意知は誰ぞの系図を返さなかったせいで斬殺されたなどと言われている。

そんな噂が出たのも、さしずめ意次がありとあらゆる先に税を課し、恨みを買ってきたからだ。古来、年貢を取る者が好かれたためしはない。

だが意次は首を振った。そんなことは先から覚悟している。これまで他人から悪く言われることなど、どうと思ったこともない。やはり意知を亡くしたことが骨身にこたえているのだろう。

意次はそっと懐に手を当てた。このようなときのために、意次はあの紙を肌身離さず持っている。

「一度、考えてみるがの」

「忝う存じます」

「広く、薄くか」

御用金として納めさせた金子を、当人が望むとき、必ず利子を付けて出せる仕組みにすればどうだろう。確実に利子が得られると分かれば、五年が六年になろうと民は待つのではないか。当座の金子が要る者と、貯めた金子を預けてしまいたい者。預けるに応じて利子が増えるとなれば、多少の無理をしても預ける者も出てくるのではないか。

そしてその預かった金子を大名に貸す。その利子を百姓町人に回せば、この仕組みは巧くいく。五年あれば金子は広く、薄く集まり、御用金は利子を付けて百姓たちに返してやることができる。

「早く、帰って来ぬかのう」

つい口にすると庄司が首をかしげた。意次には楽しみといえば蝦夷見分の話を聞くことしかなかった。


その年の師走、印旛沼の干拓が始まった。

三年、いや五年はかかるかと、意次は久しぶりに身体が熱くなるのを感じた。これこそ代官たちを焦らせてはならぬ。気を引き締めねば急かすようなことを口にしてしまうぞと、己を戒めつつ御座之間を出た。

昨日、蝦夷へ行っていた御用船が江戸へ戻ったと知らせがあった。たぶん今時分、意次の屋敷では使者が待っているはずだ。

昨年の十月、もう丸一年以上も前に江戸を発った普請役たちは、松前へは恙なく戻って来たという。そのことだけは取りあえずと、先日飛脚が携えて来た文には書いてあった。

家治にも下城の挨拶かたがた、近いうちに珍しい話ができるはずだと話してきた。久々に少しは足が軽く、いやいや好事魔多しと言うではないかと思い直して畳廊下を歩いた。

老中が城表を歩くときは目付が先に立ち、大目付が後ろを随《したが》って来る。いったん老中の御用部屋へ戻った意次は、奥坊主を束ねる同朋頭の者から、直談を待つ者があると告げられた。

「はて、誰じゃ」

「陸奥白河藩主、松平定信様にございます」

「まさに好事……」

ついぽろりと口が滑り、意次は慌てて黙った。白河侯は、どうも意次が好きになれぬ相手だった。

同朋頭は意味を取り違えたと見え、では小溜りでお待ちいただきますと早合点して出て行った。

意次はため息を吐いた。老中の御用部屋には誰であろうと入ることはできない。直談となれば意次のほうが決まった座敷へ出なければならない。

どのみち、下城の際はいつも通る場所だ。

そう自らに言い聞かせて新番所前小溜りの襖を開けた。いつも目を伏せて通る、まさに意知が倒れた場所だ。

「お待たせしましたな、白河侯。城下の屋敷へお伺いしましたものを」

ここで意次を待つとは、よほどの用件なのだろう。そうでないなら、意知のことはもう忘れられてしまったか。

白河侯は丁寧に手をついて頭を上げた。

やはりどことなく家重に似ている。家重の弟、宗武の子だから家治にとって従弟にあたるのだが、意次は家重のほうを思い出した。意次が初めて会った時分の家重と、歳が近いからかもしれない。

「ようやく当家も念願が叶いましたゆえ、御老中様には御礼を申し上げておいたほうがよかろうと存じまして」

「はて」

意次は首をかしげた。

白河侯はもはや田安を当家とは言わぬはずだ。ならば陸奥白河の松平家に何かあったか。

「お忘れでございますか。それがしも父も、御老中様には度々、付け届けをしてまいりました」

さっぱり思い出せない。そういえば伊織が、白河から様々な品が来ていると話したことがあっただろうか。

白河侯が屈託のない笑みを浮かべた。

「此度、当家はついに溜之間詰となりましてございます」

「ああ、それは。真にお目出度うござる」

いやいや、と白河侯は上機嫌で手のひらを振った。

「真に御老中様のご尽力の賜物にございます」

「滅相もない」

意次は微笑んで次をしばらく待っていた。

だが白河侯は満面の笑みで、何かを言う気配もない。

「もしや、それを伝えるためにお待ちいただきましたかの」

「はい。真に忝うございました。これで正月元日の年始御礼に間に合います」

もうじき在府諸侯の年始総登城がある。そのとき諸侯は控えの間ごとに異なる拝謁をたまわる。

「いやいや。お心遣い、痛み入りましてござる」

意次は軽く頭を下げてそのまま座敷を出た。

その途端、つい口をきいてしまいそうになって顔を背けた。また位打ちじゃな、意知——

意次は綾音と火鉢に手をかざしていた。除夜の鐘がくぐもって聞こえていた。

「百八つ。終わりましたかしら」

綾音がにっこり笑って意次の手を取った。

「まことに今年もお世話になりました。殿は六十八におなりですね」

「綾音は六十か。真、昨日の婦《よめ》もついに姑かの」

綾音は軽く意次の手をはたいた。

「そろそろ御支度にかかられませんと」

「あと四半刻はかまわぬであろう」

意次は軽く首を振り、まだ立たなかった。

元日には御城に御三卿、御三家、譜代大名たちが登城して年始御礼がある。御家門衆と呼ばれる将軍家と縁続きの諸侯の総登城で、格別な縁故のある外様大名も含まれる。高家、交代寄合など、将軍家の直臣も元日の登城である。

二日にはそれらの嫡男たちと外様大名が登城し、三日にもそれはある。いつどの順で登城するかは師走に諸侯へ書付を渡しており、意次たち幕閣は三日にわたる総登城が無事に終わってようやく年が無事に明けたと言うことができた。

天明六年（一七八六）元日は蝕がある。よりにもよって午日中《ひるひなか》、太陽が一刻ほども影に覆われて闇になる。

だから例年六つ半からの年始御礼が、今年にかぎっては暁七つ前に始まる。だいたい二刻近く早まる勘定だ。

「さあ、そろそろ御支度なさいませ」

「そうだな」

もう年が明けたろう。暁九つからは二刻しかない。

まだ外は真闇だ。城下の大名屋敷ではどこも明かりを灯し、支度に大わらわだろう。江戸の者は大抵、今日は日蝕があると知っているが、年明け早々、昼が闇になるというのは胸に厭な影を落とすものだ。

三年前の浅間山の噴火からこちら、諸国では飢饉が続き、一揆まがいの打ち毀しが頻々と起こっている。寒暖も狂い続けているし、今年もまた凶作で百姓たちの騒動は続くのではないか。

意次はゆるゆると立ち上がったが、どうも腰に痛みが走る。いい加減、退隠を思わぬでもないが、とりあえずはこの飢饉を乗り切ってからだ。

「なあ、綾音。起こると分かっていても、蝕というのは気味の悪いものか」

「ええ、それは。鳥たちがざわめきますし、海や川では魚の姿が消えると申します。暗闇の中をしずしずと大名が数珠つなぎで登城するのも、まるで百鬼夜行の行列のようではございませんの」

初日の出を浴びて諸侯が御城へ向かうのは、なんともいえず目出度いさまに見えるものだ。家康はそんな人心まで考えて門松を飾り、元日の総登城を定めたのかと意次は思ったことがある。

「ならば鄙の地ではどれほどであろうな」

意次はこの蝕のせいで打ち毀しまで増えるような気がする。

「ですが干拓地へは先に日蝕があることはお知らせになりましたでしょう。普請に携わる者たちも今日はゆっくり、心穏やかに屠蘇を飲んでおりますよ」

昨年末、印旛沼では目論見図が完成し、念願の干拓が始まっていた。来月には手賀沼でも鍬入れ式だ。

「日が翳るのですもの。お天道様も正月はのんびり休めと仰せだと、わたくしならば大喜びでございますよ」

綾音は巧くあしらいながら意次の衣を着せ替えていく。

「ならば綾音が普請場へ音頭を取りに行くか。おお、ここに意知がおれば、えらいことじゃのう」

「左様にございますねえ。あの方ならば本気にして行っておしまいになりますわ」

「そうじゃ、そうじゃ。若年寄ということも忘れてな」

「ところで殿は、年の暮れは蝦夷の伺書ばかり読んでおられましたでしょう。何か、面白いことは書いてございましたの」

綾音は話を逸らした。

師走には蝦夷からの知らせが二度届いていた。だが意次はそれをゆっくり綾音に聞かせてやる暇もなかった。

「西蝦夷を調べることになっておった佐藤玄六郎な。なんと蝦夷を踏破して、今、江戸へ向こうておるという」

「今？　真冬でございますよ」

意次も物思いはやめて微笑んだ。

「蝦夷におるよりは奥州街道を歩くほうが易いのであろう。なにせ蝦夷の北端、宗谷から東端の納沙布《のさっぷ》まで歩いた男だぞ」

「蝦夷を、北から東まで……」

綾音はぽかんとして手を止めた。

玄六郎は歳は三十ほどだろうか。鋼のような無精髭を生やした、意次より頭一つも大きな逞しい士だったが、恰幅だけで成し遂げられるものでもない。よほど肝が据わり、咄嗟の判断がつくのだろう。

「相方の庵原が樺太へ渡ったのを見届けて、奥蝦夷から厚岸へ行ったとな。分かるか、厚岸というのは霧多布の手前だぞ」

意次は綾音には幾度も蝦夷の絵図を見せてやったから、大雑把な場所は頭に入っている。樺太は夷仁が暮らしているので、北端はそこまでが日の本だ。

「そしてな、厚岸には東蝦夷の掛の山口と青島がおるはずだった。ところが辿り着いたときには十月を過ぎておったゆえな。二人は入れ違いで先に松前へ戻っていたのだ」

綾音は指で宙に四角を描き、天辺の角から右の角、そして左の角と順に指でさした。天辺の角にあたるのが宗谷、右角が厚岸、左角が松前というわけだ。

「わたくしならば、とても厚岸から戻る気は起こりませんわ。もう拗ねて、一冬を寝て過ごします」

「そうもいかんのだ。畳の座敷などあるわけではない。食い物も湯屋もない」

「ああ、左様でございましたね」

綾音は肩をすくめてみせた。

東蝦夷の掛だった山口と青島は納沙布岬から国後島へ渡ったが、こちらは、その向こうにある択捉島までが日の本なのだという。

択捉島のさらに北にあるうるっぷ島は魯西亜との交易場になっている。そしてその向こうのしむしる島からが魯西亜の領国だ。

「実際に行けば、分かることは桁違いに増えるのだな。聞くのと見るのとでも、きっと大違いであろう。そう思うて玄六郎たちの話も聞いてやらねばならぬ」

綾音が神妙に、深くうなずいている。

「蝦夷の真ん中から西のほうへ石狩川という大河が流れておるそうでな、稲を植えたところ、東北とさして見劣りせぬ出来だったというぞ」

激しく蛇行し、流路を変える川だというが、日を遮る高い山もなく、夏の暑さなど江戸に引けはとらぬという。

だが夷仁が米を作ったと松前藩が知ると、米も種籾もことごとく取り上げられてしまったらしい。やはり松前藩は、夷仁を貧しいままで便利使いするつもりなのだ。

「ならば今年は殿も、楽しみなことが多うございますね」

「ああ。実際に歩いて来た者の申すことじゃ。なんなりと助けてやらねばな」

意次は着替えも済んだ。

「今年はいつもの元日より早いお帰りでございますね」

「そうだな」

将軍にとっては一年でも指折りの忙しい日だ。白書院大広間で挨拶を受け、吸い物と酒と茶の相伴をし、御三家は家治から直々に盃を、諸侯はお流れを頂く。そのあと時服の拝領があり、最後に将軍は立って皆からの礼を受ける。

「殿の新年はいつも三が日が過ぎてからでございますね。上様ともども、余人より三日遅く歳を取られるのでございますよ。まことにお目出度うございます」

「将軍というのは大変な御役じゃの。あの御方は、おいくつになられる」

「殿より十八、お若うございますよ」

ああ、と意次は笑った。

「そうか。上様は今年、五十賀ではないか。またそれも決めねばならぬな」

「左様でございますね。殿はまだしばらく御退隠はお考えにならぬことでございます」

綾音はお見通しだという顔で微笑んでいた。

# 第六章

## 一

城表の縁側に出て、意次は雨の止まぬ空を睨んでいた。三月、四月と、江戸ではほとんど晴れ間がなかった。

いや、さすがにそんなはずはない。軽く首を振って御用部屋へ戻ろうとしたとき、ちょうど忠友がやって来た。

「お待たせをいたしました。では参りましょうか」

評定のあと、二人揃って西之丸へ出向くことになっていた。家治の世子、一橋豊千代改め家《いえ》斉《なり》に呼び出されていたからだった。

気が進まない。家斉はまだほんの十四歳で、父は大御所と呼ばれたがっている一橋治済だ。どのみち家斉が将軍になる時分には意次は退隠しているのだから、家斉がどんな器かまで見極めたいとは思わなかった。

むろんすでに亡い家基と比べるつもりはない。だが家斉が世子に決まった五年前から、意次は家斉とは関わらぬようにしてきた。

一橋家では甥の意致が長く家老を務め、今は家斉の御用取次になっていた。そのためもあって意次は出過ぎた真似をせぬように心がけていた。

忠友ともども西之丸の御座之間へ入ると、やはり家斉だけでなく治済がいた。思いがけない白河侯、松平定信までが傍らに座っていた。

「ああ、御老中がたをお呼び立てするとは、許してくだされよ」

治済が上機嫌で上座から声をかけてきた。

「まあなに、上様は近々、貸金会所と申すものをお作りになるとやら。大名に貸すためというのは分かるが、百姓町人からも御用金を集めるというのであろう。上様のお考えに否を唱えるつもりはないが、幕府は蝦夷だの新田開発だのと、大きなことを幾つも抱えてのう。それを止めて、百姓町人どもには御慈悲を垂れなさるわけにはまいらぬのか。上様の御名に疵がつきかねぬぞ」

「一橋卿は打ち毀しが多いとお聞きになり、案じておられるのでございます」

横から白河侯が口を挟んだ。

要は家斉につけを残すなと言いたいのだろう。入れ智恵をしたのはさしずめ白河侯か。三人の顔を眺めていれば、誰が言い出したことかはすぐ分かる。

一橋家では天明二年（一七八二）に和泉国にもつ領国で百姓たちが庄屋を襲ったことがある。

ちょうどあの頃から強訴や打ち毀しは増えてきた。

勝手掛老中の忠友が丁寧に説いた。

「諸国でこれほど商いが栄えておりますのも、大名家が正しく領国を治めているからでございます。それが一揆まがいで揺らぐことはあってはなりませぬ。ゆえに商人に御用金を命じ、民の暮らしを支えさせるつもりでございました。ですがやはり貸し渋りで、いっこうに代わりばえ致しませぬ。ならば商人をあてにせぬ道を開こうというのが、次に始める貸金会所でございます」

昨年幕府が行った大坂の商人への御用金は、結局商人たちが蔵から金子を出そうとせず、大名は貸し渋りをされた。それで幕府はこの六月から、百姓町人から広く薄く御用金を集めることにした。

これまでのように富んだ者からのみではなく、持ち高に応じて貧しい者からも御用金を集める。だが御用金というからには幕府が利息をつけて返すので、浅間山の山焼けに始まった飢饉への急場の義捐金《ぎえん》ともいえる。

白河侯が身を乗り出してきた。

「持ち高百石の百姓から銀二十五匁、町人には間口十間につき銀三十匁とか。それを五年も納めさせるのでございましょう。金子を課されて、良い気がする者などおりませぬ」

意次は目を閉じた。

きっと少し悧巧《りこう》な商人たちは皆、この白河侯のように言っているのだろう。だが商人ならばもっと算勘ができる。年にして金一分にも満たない額だ。

忠友が続けた。

「持ち高百石といえば、一村に一人おるかおらぬかという大百姓でございます。また町屋の間口というのも、家作を持つ地主のことにござる。裏長屋に暮らす店子などに課すものではござらぬゆえ」

「裏長屋」

ぽつりと家斉が口にして意次のほうを向いた。

意次は微笑んだ。

「貧しい暮らしの者たちは、厩《うまや》のような縦長の家に暮らしております。馬の轡《くつわ》が並ぶように、住まいが繋がっておるのが長屋でございます。そのなかでも、日の射さぬ北向きの間口のほうを裏長屋と申します」

ああそうか、と家斉が微笑んだ。

だが白河侯が割って入るように畳みかけてきた。

「とは申せ、銀二十五匁が五年とは、二両を超えましょうか。宝永に富士山が焼けた折に高役金として二両を課しておられますが、浅間山から三年でございます。年七朱で借りる側の大名は得をいたしますが、御用金とは名ばかりで、誰も利息がついて戻ってくるとは信じておりますまい」

立て板に水とはこのことで、忠友も黙り込んでしまった。

だがそれを信じさせるのが幕府の務めだ。第一、十四歳の次の将軍を置き去りにして話してよいはずがない。

「弘前藩など、三年前の飢饉では米が一俵も穫れなかったと申します。これだけ飢饉のうち続く昨今でございます。今は貧しい者たちをできるだけ慰撫してやるときではございませぬか」

「ふむ。白河侯の仰せ、ごもっとも」

すかさず治済がうなずいてみせる。

だがそもそも老中に意見するのはたとえ御三卿でも許されぬことだ。だから白河侯はこうして西之丸で家斉にぶら下がって口をきいている。

十年早い。己が家斉の老中になってからやるがいい――

意次は思いが顔に出ぬように用心して家斉だけを見つめた。堪え性がなくなってきたのは、やはり歳を取ったからかもしれない。

「家斉様。およそ飢饉とは日照りや寒さ、他には大水か蝗《いなご》で起こるものでございます。その全てに天候の乱れが関わりますが、十年に一度は必ず乱れます。そして五十年に一度はそれが大きな波となって襲います」

「十年に一度、五十年に一度」

家斉が真剣な顔つきで繰り返す。

「それゆえ肝心要は、幕府が決して揺るがぬことでございます。十年、五十年はあくまで大凡《おおよそ》。たまさか三年前の浅間山は享保の蝗から五十一年後でございましたが、次は分かりませぬ」

「五十年前に蝗の飢饉があったのか」

家斉が少年らしく驚いた顔で聞き返してきた。

意次は目を細めた。

「左様にございます。ですが飢饉は今も続いております。それがどこまでとなるかは幕府の働き次第でございます」

家斉は目を輝かせてうなずいている。

「その五十年のあいだに世の作りも変わりました。商人が金子を貯め込み、なかなか動かそうといたしませぬ。ならば幕府の力で動かせるところから、まずは金子を集めます。それで藩の政がうまく回り出せば、次の五十年で新たな仕組みを考える。今は、今の世でできる仕組みを幕府が下支えいたし、二年や三年で諦めぬことでございます。五年のあいだには貸金会所も百姓町人のあいだに染みわたると存じます」

貸金会所に金子を納めれば、五年後には利子がついて戻って来る。そのことを百姓町人が呑み込むためには、今は幕府がぐらつかぬことがなにより大切だ。

「ですが御老中様。幕府は蝦夷に印旛、手賀沼と、あまりに大がかりなことにあちこち手を出しすぎではございませぬか。先にそれを止めれば、浮いた金子で打ち毀しも減りましょう。貸金会所など始めずとも民の暮らしはなだらかになります」

白河侯が食い下がる。だが意次はまっすぐに家斉だけを見て言った。

「蝦夷も印旛沼も、上様の御代では仕上がりませぬ。どうか家斉様の御代に完成させてくださいますように」

たぶん印旛沼と手賀沼は家治のあいだに目途が立つだろう。だが蝦夷は無理だ。調べるだけでも十年はかかる。田畠にするか山を削るか、湊を開くか、まだ何も決められていない。

それでも持ち出しばかりではないはずだ。そして商いだけは近いうちに始められるようになる。

「蝦夷の北には魯西亜と申す国がございます。今はしきりと交易を望んでおりますが、このまま幕府が北方に手をつかねておっては、蝦夷を攻め取らぬとも限りませぬ。日の本では最果ての地でも、魯西亜にとっては暖かい南の、まだ見ぬ江戸へ続く島にございます」

「しかし……」

まだ話し足りぬらしい白河侯に、意次は微笑みかけた。

家斉は十四歳、白河侯は三十手前だろう。家斉の御代を白河侯が老中となって支えれば、ちょうどよい頃合いではないか。

白河侯は溜之間詰を願って意次に付け届けを繰り返したが、そんな気遣いは無用だ。なにも意次のような家治の古参の老中に取り入らずとも、白河侯には十一代の御代に働き場が来る。

「貸金会所は、家斉様の御代には皆が仕組みを解するようになっております。百姓町人がわずかの貯えを持ち寄り、利子とともに引き出せる世がまいります」

貸金会所で広く薄く集めた金子を、大名という大口に貸す。家斉の御代には、一年で皆が御用金を引き出せる仕組みが整っているかもしれない。

「とはいえ、白河侯。蝦夷は長くかかりますぞ」

「蝦夷？　御老中様はいつまでそのようなことを」

意次などがよろしく頼むと頭を下げるのは僭越に過ぎる。だが己が退隠するときには、蝦夷を委ねるのはこの白河侯ではないだろうか。

「では、それがしたちはこれにて下城仕ります」

意次と忠友はそれぞれ家斉に手をついた。


「蝦夷には梅雨などは、ないのだとな」

屋敷の縁側に出て、意次は綾音に言った。蝦夷見分隊に引き続きの探索を許して、もう三月になる。江戸は折からのぐずぐず雨に梅雨が加わり、あちこちで川が溢れていた。

さすがに意次もはるかな蝦夷を夢想している暇はなかった。六月に入ると江戸はどこも泥濘《ぬかるみ》ばかりで、これほどの長雨は意次も聞いたことがなかった。

「もともと江戸は葦が原だったのでございましょう。その時分に戻るのかもしれませんわね」

綾音は軽くそんなことを言うが、なまじ聞き流すこともできない。意次もふと同じように思うことがあった。

――いくらなんでも、まだ退隠は早かろうな。

一昨日か、家治は拝謁をたまわった意次にそう言った。春先から顔色が優れず、どうにも懈《だる》そうにしていたから、あの日は御座之間で四半刻ばかり、これからの話をした。

家治にも意次にも、このところ頭にあるのは先代家重が五十で退隠したことだった。もしも家基が生きていれば二十五だから、家治はすぐにでも将軍職を譲ることができた。

――余は、家基の死には悔いはないと申した。

意次も、それが分かる身になった。あれもこれも、もっとしてやりたかったなどと思い返すのは小さなことだ。

――つくづくと思う。家基が全うしたと世人から言われるためには、余が仕上げをせねばならぬ。

あのとき意次は家治の友にでもなったような気がして膝を打った。

――蝦夷か貸金会所か、下総の干拓か。せめて一つは成し遂げて、家基に見せてやりたいのだがな。

それまでは退隠せぬゆえ手伝えと言われて、意次はうなずいた。互いに、急いで隠居してまで他にやりたいこともなかった。

「大水の後には悪い病も出ると申しますでしょう。江戸でこの有様ですもの、下総はどうなっていますかしら」

綾音は傍らで庭先を眺めていた。灌木に降りて来る鳥たちもこのところはどこへ移ったか、姿を見ない。

「印旛沼の辺りは元から沼地ゆえな。今時分、一面の水浸しだろうな」

「水浸し……。その程度では済みませんでしょう」

「ああ。そうだな」

灰の積もった川は、氾濫のたびに痩せた土をまき散らす。しかも粘土質だから、田畠はいっぺんでだめになってしまう。

「印旛沼と手賀沼の干拓願いは、浅間山の前でしたもの。巡り合わせが悪うございましたね。竣工までには二、三年余計にかかるのではございませんか」

「だが上様ゆえ、させてくださったのだ。そのような巡り合わせこそ、逃してはならぬ」

意次が正式に老中に就いて十四年だ。老中格として郡上一揆に関わったときから数えると三十年近くになるか。

このごろになって意次にはようやく政がどう動くかが分かってきた。そして分かってきた矢先に、人はそこから手を離さねばならない。それができなかった老中首座も、してのけた側用人も意次は知っている。

そんな詮無いことを考えていたからだろうか。七月の半ばを過ぎた頃、意次は登城を二日ばかり休んだ。十五日に家治の月次御礼のお出ましがあり、それをちょうど終えたあたりで咳が出始め、夜半に熱が高くなった。

「この枕辺のな、盥《たらい》はどこかへやってくれんか」

二晩目の明け方、綾音が額の手拭いを替えているのに気がついて意次はそう言った。

「ああ、宜しゅうございました。ようやくお目覚めですか」

「そなたの水を撥ねる音が五月蠅うて、ほとんど眠っておらぬわ。全く、下城するときも陸尺《ろくしやく》がびちゃびちゃと耳障りな音を立てておってな。あれで耳が痛うなったのが風邪の引き始めよ」

御城から神田橋といえど、このところは夏の日差しでも道が乾かない。老中の駕籠は駆けるのが決まりだから、意次は鬱陶しくてたまらなかった。

「それだけ憎まれ口がおききになれるのでしたら、もう安心でございますね。ならばさっさと床から出てくださいませ。年寄りは寝つくとすぐ立てぬようになるのですよ」

綾音は足下のほうへ回ると、布団を撥ねて意次の足を上げ下げし始めた。

心地が良いので意次はそのままにしていた。

「どうなさいます。まだ鼻声ですから、今日も登城はお控えあそばしては」

「ああ、そうしよう」

どうせ慌てて登城しても、良い知らせは一つもない。印旛沼では要の利根川が決壊し、辺りは一面、沼どころか池になっているという。昨年末から雨の中を続けてきた干拓は、完全に元の木阿弥だ。

意次がゆっくりと起き上がると、綾音がそばまで来た。支えられて立ち上がってみたが、どうということはなく廊下まで出ることができた。

「そういえば、腹が減った」

これほどのんびりと御城を見上げたのは久しぶりだった。意次は登城せぬときも評定所や奉行所には顔を出していたが、これからは少しずつこんな日が増えていくのかもしれない。

そのとき意次はまだあの天守の下で何が起こっているか考えてもみなかった。

「ああ、ようやくお出ましでございますか」

「我らがどれほど待っておったか」

四日ぶりで御用部屋へ行くと、忠友と康福は飛び出して来て意次を迎え入れた。忠友は自ら障子を閉め、意次の袖を引っ張って座敷に座らせた。

「それほどお待ちいただくとは、またぞろ浅間山でも噴火いたしたかの」

「ふざけておられるときではない」

康福が乱暴に言ったが、他の老中たちもそういえばどことなく顔がこわばっている。

総勢六人の老中が皆、揃っていた。牧野貞長《まきのさだなが》と井伊直幸《いいなおひで》は一昨年任じられた新参だが、井伊のほうは際立った名門なので大老を務めている。

その井伊が口を開いた。

「上様が御不例《ごふれい》じゃ」

「御不例？　病にございますか」

井伊は眉を曇らせて、うなずきもしなかった。

「上様には心悸《しんき》の気がおありであったろう。あれがどうやら重うなられたようじゃ」

ちょうど家基がみまかった頃からだろうか。家治は少し汗をかくようなことをするとすぐ息が上がるようになった。だが当人が将棋や絵を描いて座っていることが好きなので、これといって周囲を案じさせることはなかった。

ただ家治が自ら気遣って胸に手を当てているような姿は、老中たちは皆、見たことがあった。

「ちょうど意次殿が休む前、最後に下城した日の辺りからじゃ。我らは誰一人、上様のお姿を見ておらぬ。それどころか、我らは中奥へさえも入ることができぬ。お言伝をお伝えするのは側用人の御役じゃと仰せでな」

意次は首をかしげた。側用人が老中にそんな差し出口がきけるはずはない。

側用人兼帯といえば意次だけだ。たった三日登城しなかっただけで、一体なにがあったというのか。

「上様のご容態を、老中が誰も知らぬのか。お出ましにもならぬとは、尋常のことではないぞ」

意次は言いながら立ち上がった。まずは家治の見舞いだ。

「いや、お待ちを。家斉様より、幕閣は中奥へ参ってはならぬと申し渡されております」

「家斉様だと？　どういうことだ」

事情が全く分からなかった。世子とはいえ西之丸にいる十四歳の少年が、いきなり何をどうしたのか。もちろん身分はあちらが上だが、将軍でさえ老中の采配には随うからこそ幕府の政は成り立っている。

「西之丸から本丸の老中たちへ、御用部屋へ指図できると思うておられるのか」

「いやそれが、家斉様は昨日から中奥に入っておられる」

康福が落ち着かなげに目をしばたたかせた。

意次が首をかしげると、井伊がなんの屈託もない素の声で経緯を聞かせた。

「儂が家斉様に見舞うていただいたのじゃ。意次殿もおられぬ。奥坊主どもでは埒があかぬゆえ、様子を見ていただこうと思うてな」

老中たちは家治に呼ばれたのでなければ中奥へは入れない。その上意の伝達は側用人たちが受け持つが、御不例でずっと寝《やす》んでおられると言うばかりで二日が過ぎた。

そうなれば後は家斉になら様子を見てもらうことができる。それで井伊は西之丸へ事情を話し、昨日、家斉は本丸中奥へ入った。

「昨日……」

意次は頭がくらりとした。なぜあのとき、己は無理をしてでも登城しなかったのか。

「まさか。いや、一橋治済殿も中奥へお渡りになられたか」

忠友が眉根を寄せてうなずいている。

井伊は大老だ。それが言ったことなら老中には遮ることは難しい。だがまだその折なら井伊を止めることができた。

「以来、家斉様は西之丸へはお戻りになっておられぬ」

康福は丸い目をさかんにしばたたいている。この中で井伊を止める機を逸したのは首座の康福だ。

「これは……、これこそまさしく側用人制でございますぞ」

「どういうことだ」

井伊はむしろぽかんとしている。

「我ら老中が、誰も上様に御目にかかることができませぬ」

家斉が、いや一橋卿が、家治自身が老中たちに目通りを許さぬのだと伝えさせればどうなる。

もしも家治が一昨日の意次のように前後不覚で眠っているとして、その座敷の手前で将軍世子に不通坊《とおせんぼう》をされれば、その手を払える者はいない。

「側用人ごとき、如何様にもなろう。ともかくは意次、早速じゃが行ってみよ」

井伊はまだ意味が呑み込めていない。

井伊家は名門のあまりに大老の御役にしか就かず、これまでも大老になるまでは参勤のあとはずっと彦根にいた。家斉が将軍継嗣に定められた経緯も、幕閣が一橋や田安を敬して遠ざけてきた関わりも知らぬのだ。

意次は御用部屋を出た。側用人兼帯として毎日のように軽々と歩いた畳廊下だが、まるで張り替えたばかりのように藺草《いぐさ》の香が鼻を刺す。

先を歩く奥坊主が逃げるように駆けて行く。だが鉤の手の先を曲がると、どうやらそこにうずくまったらしい。休息之間の手前、萩之御廊下だ。

意次も角を曲がった。休息之間のほうから上背のある男が歩いて来る。ちょうど日が射して顔がよく見えない。

「これは、御老中。ひどい御咳じゃと聞きましたぞ。これより先はご遠慮たまわりますように」

いやに上機嫌で手のひらを振ったのは一橋治済だった。

「何を仰せになる」

「ただ今、家斉様が拝謁を賜っておられます。臣下が、無礼ではないか」

そのとき治済の奥からぬっと男が顔を出した。

「たとえ御老中とは申せ、ここは上様のお許しなくばお渡りになれぬはず」

意次はひそかに息を呑んでいた。白河侯だった。

「それがしは側用人兼帯じゃ。今は老中として参っておるのではない」

「いやいや」

進み出ようとした意次を治済が制した。笑みを浮かべながら目は意次を見据えていた。

「上様御側ならば尚のこと、病み上がりで上様の枕辺へ参るなどは許されるはずもない。風邪でもうつれば何と致す。上様は御不例にござるぞ」

ここで退けば二度と中奥へ入ることはできない。にわかに湧いて出た側用人まがいに、老中が圧されているときではない。

意次は黙って前へ出た。さすがに治済が寸の間たじろいだ。

だが白河侯が横に出て治済に並んだ。

「ここはお通しできぬ。上様が御自ら表へお渡りになるまで、御用部屋でお待ちになるのですな」

「老中に無礼であろう、白河侯」

だが白河侯は笑みを浮かべた。

「上様が仰せあそばしました。今は養生に尽くすゆえに御身内にしかお会いになられぬ由。御三卿、御三家の皆様とはお会いになられる。それがしは火急の折ゆえ、家斉様より、そのようにお伝えせよと承ってまいりました」

「家斉様より?」

御三卿、御三家だろうと老中支配だ。だが将軍世子にだけは老中は逆らうことはできない。

「お通しいただこう。家斉様じきじきのお言葉でなければ、鵜呑みにはできぬ」

「今は」

すっと白河侯が手のひらを立てて突き出した。

「家斉様は上様の御手を取られ、お声をかけておられる最中にございます。その家斉様に枕辺を離れ、ここまでお運びいただだいて直々にそのように仰せいただきますか。そうでなければ、病み上がりの御方が、御不例の上様の枕辺までおいでになると」

意次はさすがに口を噤んだ。

「白河侯の申す通りじゃ。上様は臥せっておられるのだ。それを床から出ていただき、無理にお言葉を戴こうというか。身の程を弁えよ」

何か、ここを通り抜ける策はないのか。もしも意次が引き返してしまえば、老中は二度と家治に会えぬことになる。

二度と――

「上様のご容態は……、どのような御様子にございます」

「そなたが御目にかかっても、どのみちお言葉はいただけぬわ」

治済がぷいと顔を背けた。

ならば家治はよほどのことか。いや、そもそも家治が正気であれば、老中たちを遠ざけるような真似はせぬはずだ。

意次は拳を握りしめた。もしもここを越えて拝謁が叶ったとしても、家治はもう話すことができぬのだ。

「我らは上様の御身内じゃ。白河侯とて儂同様、上様の従弟ゆえな。まあ、儂は家斉の父でもある」

治済は殊更に家斉を呼び捨てにしてみせた。

意次は頭を下げ、踵《きびす》を返した。


老中たちが家治の姿を最後に拝してから二十日近くが過ぎた。

八月十五日、意次はいつものようにまたうどの紙を袱紗に包んで懐に入れた。

――余はこのさき何があろうと、月次御礼だけは休まぬ。

しばらく天守を見上げてから駕籠に乗った。

御用部屋へ行くと康福と忠友がすでに座っていた。すぐに井伊も来たが、刻限になるまで誰も口をきかなかった。

巳上刻、まず井伊が座敷を出て、意次たちも後に続いた。御座之間に並び、ただじっと待ち続けた。

だがやはり家治は来なかった。

半刻後、井伊が立つと、康福と忠友も諦めて立ち上がった。

意次は最後に一度、誰もいない上段へ深々と頭を下げた。これが最後になることはもう分かっていた。

そのまま誰とも言葉を交わさずに屋敷へ戻った。そしてしばらくすると、前から決めていた通りに康福と忠友がやって来た。

「今日まで待たせた。ようやく諦めがついたゆえ、私は御役御免を願い出る」

「意次殿……。やはりもはや上様は」

「稲葉《いなば》から聞いたが、手足に浮腫が出ておられるとな」

稲葉正明《まさあきら》は意次が奥で片腕としてきた士だ。家治の小姓から御用取次に任じられて大名に昇り、意次は甥、意致の娘を養女にして稲葉家に嫁がせることも決めてあった。

「上様は月次御礼は休まれたことがございませんでした。やはり、お悪いのでございましょうな」

「そうだな、もうそれは思い切らねばならぬ」

意次が言うと忠友は目を伏せた。

だが康福は首を振った。

「儂は六十八じゃ。もう思い残すこともない。意次殿とともに御役御免を願い出る」

忠友も身を乗り出した。

「それがしとて、五十六にござる。ご両所に後れは取りませぬ。そもそも、お二方のお導きがあればこそ、それがしに老中などが務まったのでございます。それがしも退隠いたします」

「いや、それはならぬ」

意次は胡座を組んで二人のほうへ半身を近づけ、声を落とした。

「万が一となれば、次は家斉様。つまり治済様ということだ」

「我らは面憎う思われているであろうな」

「まことに、このようなことになるとは思いも致しませんでした」

だがもう仕方がない。

「もはや二人には私との関わりを絶ってもらわねばならぬ。今日を限りに、もう会わぬほうがよい」

「何を言うか。ともかく儂は退隠するゆえ」

康福はさかんに目をしばたたいている。だがまだやらねばならぬことがある。同情も友情も抜きにしてもらう。

「蝦夷に印旛沼に貸金会所。どうするつもりだ。潰されるかもしれぬぞ」

「まさか。上様がお決めあそばしたことではないか」

「その時代が変わる」

意次は忠友を振り向いた。先達て治済たちに呼び出されて、意次とともに西之丸を訪れたのはこの忠友だ。

「治済様も白河侯も、蝦夷や印旛沼は快く思うておられぬであろう」

「ならば意次殿はもはや政を云々しておるときではない。身を守ることを考えねば」

「ああ、考えている。私と関わりが深いといわれて二人が罷免になれば、全て終わる」

「罷免？」

康福が声を裏返らせた。

「そうだ。ぐずぐずしておっては私は罷免じゃ。それゆえ、その前に御役御免を願い出る。だがきっとそれでは済まぬ」

「済まぬとは」

「私は元は六百石だ。そこへ落とされるかもしれぬ」

「まさかそのような」

「いいや。私が読み誤ると思うか」

二人は押し黙った。

「貸金会所はもうよい。あれは民百姓から金子を集めることにしておった。民にとっては税のようなものだ」

金子を取って憎まれぬ者はない。しかも意次はこれまで税のかからぬ先を片端からあぶり出してきた。

「貸金会所をやめると高札を立ててみよ。民は即座にそちらへなびく」

世を変えるとき、なにより巧く滑り出させるには一つ凧を揚げて不満をそこへ向けさせることだ。

「私はもはやどうにもならぬ。二人は家と家臣のことを考えよ。私がこれから心がけるべきは、私のせいで累が及ぶのをどこまで防げるかじゃ。田沼意次の最後の務めに、そなたらは力を貸せ」

康福には、娘を意知の妻にもらった。意知の跡を継ぐことになったのは、その娘が産んだ嫡男の龍助だ。

「康福殿は、忠友に文を書け。意次めが政を歪めてまいったと明らかになった上は金輪際、付き合いをいたさず候、とな」

「何を言われる」

意次はそれには取り合わずに、次は忠友のほうを向いた。

忠友は跡継ぎがおらぬので、意次の二男、意正を娘の婿に迎えている。

「忠友のほうが大ごとじゃ。意正を離縁せよ」

「莫迦な。意正はもうとうに実の倅と思うております。返せと言われて返せるものではないわ。

第一、もう八重は嫡男を挙げておりますぞ」

八重というのが忠友の姫、意正の妻だ。

「そこまで深い縁ゆえ、そなたは文を書いた程度では連座を免れぬのじゃ。八重殿には舅が不甲斐なさに泣いて詫びておったと伝えてくれ」

「いい加減にしてくださいませ。意次様がそのように浅はかな御方とはついぞ思うたことがございませんでしたぞ」

「ああ、そうじゃの。私が老中職を慰留されたときは、私の読み違えじゃ。そのときは文も離縁もいらぬ。だが読み違えでなかったときは、必ず私の言う通りにせよ」

今になってこの意次が己の先を読み違えるはずがあるか。

「確かに、揃って老中を辞しても、何も道は開けぬな」

康福は静かに考えを巡らせている。

「その通りじゃ。まだ一人でも残れば、他日を期すこともできる」

「我らが老中に留まっておれば、治済様も思い切ったことはおできにならぬ」

「左様。三人も老中を新しゅうできるとは、治済様の思う壺であろう」

「ですが我らが手を切ってみせたりすれば、意次様はよりいっそう皆から矛先を向けられることになりますぞ」

忠友は目を潤ませている。だがそれはもう思い切るしかない。

「貸金会所のことがある。はじめから私は、退隠すれば悪う言われることは決まっておった。

それがわずかに早うなっただけじゃ」

貸金会所をやることにしたとき、意次はそれは腹を括ったのだ。

新たに広く税をかければ、それが受け入れられるまで憎まれる。跡を継ぐ意知まで同じ目に遭うのは決まっているから、意知がいれば意次は決断できなかったかもしれない。だから意知を喪った己だけにできることだと考え直したのだ。

「明年の天候を読むと申しておるのではない。ここ一、二年の人の心がどう動くか、私はそればかりははっきり分かる」

治済や白河侯の考えることなど、半分寝ていても分かる。

治済は、大御所にはなれぬと言った意次を許さぬだろう。そして白河侯は、溜之間に上がるのを焦らされたことを忘れてはおらぬだろう。いやそれよりも、白河へやられて田安家を明屋形にされたことを未だに恨んでいるかもしれない。

「ですが治済様には、家斉様を世子に選んでいただいた恩がございましょう。意次様には感謝しこそすれ……」

康福が意次より先に首を振った。

「そのようなことをわざわざ覚えて恩に着る者などおらぬ。むしろ危うい目を見させられたと恨みに思うものじゃ」

田安も一橋も、意次には恨み骨髄だろう。意次たち老中は何十年とかけて、両卿が将軍家の政に口を挟むのを排除しようとしてきたのだ。

「これから、どうなるのでございます。意次様」

忠友が頬を膨らませてこちらを向いた。康福はあの子牛のような丸い目を赤くしている。どちらも意次が見馴れた、いつも傍らにあった顔だ。

「田沼と強い関わりがあると疑われれば、悪くすれば改易と思うことだ」

「改易とはまた」

「いや。家士たちの禄を失わせることにもなる。紀州の足軽あがりの田沼家とは違う。松平も水野も三河以来の名門ではないか。戦国の世に命がけで家を興された父祖のことを忘れるな」

康福がしゃくりあげた。

「私に何が起ころうと、助けようと決して思うな。私が自らのためにやろうとして叶わなかった。私ができぬのに己にできるなどとは思わぬことだ」

「それはそうでございましょうが……」

「忠友は意正を離縁せよ。康福殿は忠友に文じゃ。忠友の決意に感服したとでも書き起こせばよかろう」

「まことに、他の道はないのか」

「ああ、ないな」

意次には他にもせねばならぬことがある。相良の領民たちのこと、譜代はおらぬとはいえ家士たちのこと、妻や子や、さまざまな縁戚をどうするか。

今となっては綾音が大名家の姫などでなくてつくづく幸いだった。離縁せずに済むし、仮親の奥医師、千賀家とさえ縁を切っておけばいい。

千賀家の当主、道隆は綾音の義兄ということになる。あちらも早く義絶させなければならない。これは幕府へ届けを出させよう。

「もう我らは会わぬほうがよい。今日を限りじゃ」

「意次殿」

「いくさ場では数多、このような別れがあったことだろう。最後に武士の覚悟まで味わうことができた。真、よい生涯を送らせていただいたものだ」

意次は涙を堪えた。

「後の世に、そなたらも変わり身の早い奴ばらであったと指をさされるであろう。全くのあいこではないか。私に気遣いは無用じゃ」

意次は二人の肩を叩いた。これ以上、口に出すのも気恥ずかしい。意次が老中として思うまま働けたのは、この二人がいてくれたからだ。

「私はどのような目に遭おうと、二人からの交誼ばかりは忘れぬゆえな」

「しかし、儂はもう七十も間近だ。もはや本心、政に未練はない」

「康福殿。さあ、お帰りを。意次めは御役御免の願い出をしたためねばならぬ。早うせねばな」

意次はまずは己が立って二人の袖を引っ張った。

「ああ、愉しい日々であった。いくさ場の別れ、悲愴とは限らぬとようやく分かった」

忠友たちを見送ると、意次はすぐ筆を執った。

元はと言えば先月、意次が数日寝込んだことが始まりだ。病で御役御免を願い出ることになんの不都合もない。

八月二十七日、意次の名代として御城へ上った西尾忠移《にしおただゆき》が、願い出の通りに意次の御役御免を申しつかってきた。西尾は意次の娘婿、申し渡したのは月番老中の忠友だった。

その前日から御城は騒然としていた。一橋卿と清水卿は毎日登城して家治を見舞っていた。そうして九月八日、家治の死が城下に知らされた。

二

閏十月五日、十郎兵衛は勘定奉行の役宅で宗次郎の来訪を待っていた。三両日のあいだにここを出なければならなかった。

十郎兵衛は意次が老中を辞して間もなく公事方にまわされていた。そしてついに今日、勘定奉行を罷免された。

明日から十郎兵衛は無役の小普請組だ。五百石の知行も半分を削られ、逼塞を命じられていた。屋敷の門を閉ざし、誰と会ってもならぬので、むろん宗次郎は夜闇にまぎれて密かにやって来る。

この八月に意次が老中を辞するまでは、蝦夷地は上手く行っていた。いやもちろん絵図もない極寒の地の探索だ。見分隊は大勢の死者も出し、計画は幾度も頓挫しかかった。だがそのぶんの手応えはあり、昨年よりは確実に一歩、前へ進んでいた。

昨年、蝦夷地の見分から戻った佐藤玄六郎による上申書は、十郎兵衛から意次の手に渡り、二月の終わりに正式な許しが出された。玄六郎たちの今年の見分計画は全て意次が了承し、玄六郎は勇んで蝦夷へ戻って行った。

蝦夷では昨夏、西回りに宗谷へ辿り着いた庵原たちが樺太に渡っていた。だが短い夏は秋もなく終わり、季節はすぐ冬になって庵原たちは宗谷へ戻った。

意次に見せた上申書では、庵原たちはそこから松前へ引き返すことになっていた。しかし蝦夷の最北端、宗谷の冬とはどの程度のものか、庵原たちはそこで越冬してみることにした。ちょうど玄六郎が江戸へ戻り、十郎兵衛に実地の報告をし、明くる年の見分を願い出ていた頃だ。

だが宗谷には夏に使う掘っ立て小屋がぽつんとあるだけだ。一行はどうにか冬は越えたが、食糧も尽きた三月にばたばたと倒れ、庵原もついにみまかった。

――匹夫も志を奪うべからざるなり。

死の間際、庵原はそう言い残した。

――極寒の地で志半ばに斃《たお》れ、江戸の者はさぞや憐れと思うだろう。だが、無念なものか。儂の一里があったゆえ、次の者は二里まで行ける。

庵原の死からしばらくして、その次の者がやって来た。その者は松前から救援を呼び、自らは樺太へ渡った。そして前年に玄六郎が通った道で宗谷から厚岸に向かい、東蝦夷の山口たちと合流して松前へ戻って来た。

庵原の死があったので、今回の見分は皆が早めに松前へ戻ることにしたのだ。

奥蝦夷の探索には食糧や防寒具にさらに工夫がいる。開墾を始めるならば、かねて話の出ていた長吏の弾左衛門一統を送る手筈も整えたほうがいい。

意次に願い出るのは早いに越したことはないと、玄六郎と山口が江戸へ戻って伺書をしたためた。

だがその書付は幕府が受け取らなかった。蝦夷地開発は意次が老中を辞して何もかも中止にされたからだった。

十郎兵衛は二人が召し放ちになったことをつい先達て知った。以来二人がどうしているかは分からない。二人が奉行所を訪ねて来ることはなかったし、十郎兵衛も謹慎の処分が下されるとの噂で、どこへ出歩くこともできなかったのだ。

それでも玄六郎たちのこれまでの書付は、十郎兵衛にとって何にも代え難い宝の書だ。きっといつかまた、日の目を見るときが来る。

十郎兵衛はその蝦夷地の書付と、印旛沼、手賀沼の目論見書、貸金会所の試算帳を一つの文箱へ入れた。小普請組に落とされ、この屋敷を追われることになっても、これだけは生涯離すつもりはなかった。

そのとき静かに潜り戸の開く気配がした。足音がひっそりと裏手の庭からこちらへ近づいて来る。

十郎兵衛は立ち上がって障子を開いた。するとそのまま影がすっと中へ滑り込んだ。

「面倒をかける。最後にそなたとは話しておきたかったのでな」

「互いに落ちるところまで落ちました。今さら、見咎められてどうということもございませぬ」

「いや。まだ分からぬぞ」

「ふむ。確かに左様でございますな」

皮肉な笑みを浮かべながら、宗次郎は胡座を組んだ。

十郎兵衛が小普請入りとなったからには、その直の配下の宗次郎が構いなしのはずがない。勘定組頭からあっさり富士見宝蔵番頭に落とされ、明日からは富士見櫓のそばにある北向きの番所で宿直もしなければならない。

「一体、我らが何をしたと申すのでしょうな。蝦夷地が気に食わぬというなら、玄六郎殿らのように召し放ちにしていただきたい」

幕閣が宗次郎たちを召し放ちにせぬのは、まだこれから調べを尽くすつもりだからだ。

宗次郎こそ、いつ評定所へ呼び出されてどんな濡れ衣を着せられるか分からない。己が逼塞で済んでいる今はまだ軽いのかもしれない。

だがあの意次が老中を罷免されるとは、十郎兵衛は考えてみたこともなかった。

意次は自ら御役御免を願い出て認められていたが、今日あらためて罷免を申し渡された。それればかりか近年御加増になった二万石を収公され、神田橋の屋敷も返上が決まった。当人は蝸いという。

殻町の下屋敷での謹慎を命じられた上、あの広大な神田橋の屋敷を三日で引き払わねばならな

「もはや世が変わりましたな。さすがの御老中様も蝦夷どころではありますまい」

十郎兵衛も宗次郎も、蝦夷のことは諦めきれない。だがそれは意次も同じだろう。

「宗谷で斃れた庵原がな」

「ああ。通詞も松前藩士も死んだのでしたな」

今となればつくづく身に沁みて分かる。やはり蝦夷地を拓くような大がかりなことは、よほど肝の据わった者がおらねば一歩も前へ進めることはできない。

意次でも幾年かかったか分からぬことを、代わりにやれる幕閣などもう出て来るはずがない。

これからようやくというときに、新しい幕閣はこれほどの無駄をする。

「庵原も他の者らも、これでは犬死にでございます」

「そんなはずがあるか。いつか必ず、次の一里を行く者がある」

その者にはきっと庵原たちの死の尊さも、十郎兵衛たちの悔しさも伝わる。

「庵原は、匹夫も志を奪うべからざるなりと言い残したとな」

「子罕《しかん》でございますか。三軍も帥《すい》を奪うべきなり。匹夫も志を奪うべからざるなり」

論語にある一節だ。たとえ相手が大軍勢でも、将を奪うことはできる。だがたとえ名もなき男だろうと、その志を奪うことはできない——

「見事な辞世ではないか。やはり、蝦夷にまで行くほどの士だな」

今の幕府には、庵原を使えるほどの者がおらぬのだ。だから庵原は己の御役を全うしてこの世を去った。

命を削る思いをして蝦夷から戻った者たちを、ただの一言も労わずに召し放ちにした幕閣だ。蝦夷の見分隊を務めたほどの者が、それらの下知で働くものか。

「御奉行。もはや蝦夷の見分は終いでしょうな。少なくとも此度の見分隊の面々は、二度と参りますまい」

「ああ、そうだろう」

「よい辞世を聞きました。それがしも匹夫不可奪志也で行くことといたします」

宗次郎は憑き物が落ちたような清々しい顔になった。目が合うと、照れたように立ち上がった。

「御奉行には真によくしていただきました。それがし、御恩は死しても忘れませぬ」

「大げさな奴だな」

十郎兵衛は笑ったが、たしかにこれからはもうなかなか会うこともできぬかもしれない。

いや、宗次郎もいずれは小普請組に入るだろう。そうなればまた相役、今度は御役に上下もない。

「そなたの蝦夷通、まさにこれからであったに、残念だな」

「なに、ここまで進んだだけでも良い夢を見させていただきました」

宗次郎は障子に手をかけて、ふと足を止めて振り返った。

「愉しゅうございましたなあ、御奉行」

十郎兵衛も目を細めた。

「ああ。まことじゃな。いずれまた、月見酒でも呑むとしよう」

懐かしそうな笑みを残して宗次郎は出て行った。

＊

師走も押しつまった二十七日に、意次はようやく謹慎を解かれた。屋敷の外に出たのは月次御礼に登城した八月以来のことで、しかも駕籠に乗らずに町を歩くのは幾年ぶりか。己の足がなんとも頼りなく、衣の裾からいやに冷たさが這い上ってくる気がした。

しっかりと己で歩いたのは、もしかすると家基の御成に供をしたのが最後だろうか。いや、やはり家治の小松川筋御成だ。

そんなことを思いながら東叡山の山門を潜った。参道の途中から家治の墓所に手を合わせ、そばで待っていた松平家の駕籠に身を滑り込ませた。

駕籠は手筈通りに康福の屋敷へ戻り、意次は座敷へ入った。

懐かしい康福と忠友の顔に、自然と笑みがこぼれた。

「康福殿がこれほど思い切ったことをなさるとは。歳を取られた証ですかの」

「謹慎も明けた。露見したところで、どうということはない」

「いやいや。田沼は悪疾の因のように言われておるゆえな。処罰はむしろ、これからかもしれぬぞ」

軽く笑って応えたが、実際に今、江戸で意次ほど忌み嫌われている者もない。

貸金会所などと言い出して貧しい民から金を奪い、賄を受けた大名の懐に入れた。その見返りで私腹を肥やし、次から次へと縁戚を増やして嫡男まで老中に就けようとした。佐野が意知に刃傷をしたのは意次の政を糺すためだった――

だから天は意次に怒って、元旦に日を翳らせた。いやもっと遡れば浅間山が焼けたことこそ、神仏の御怒りだったのだ――

屋敷の中にいてさえ、そんな声は聞こえてくる。相良からは風聞を聞きつけて家士が幾人も駆けつけていたし、綾音は屋敷へ来る商いの者たちと話すのを楽しみにしていたから、意次も町の噂はよく知っていた。

「幕府にとって民の声ほどの追風もなかろう。米が足りぬのも打ち毀しも、大水も疫病もすべて田沼のせいじゃ」

正直、意次もここまで悪評が立つとは思わなかった。意知を殺した佐野は今や世直し大明神などと呼ばれて、墓には参詣の者が引きも切らぬという。

「意次様が、幕府などと他人行儀に仰せになる日が来ようとは。我らにとって幕府とは、あなた様のことでございましたのに」

忠友が拳を握りしめてくれている。このような世間でも親身になってくれる友があるのだから、意次は果報者だ。

「さあ、無駄話をしておる暇はない」

意次は感懐を払いのけた。すぐに康福が口を開いた。

「実は白河侯が一橋卿に書付を出されたそうだ」

「白河侯がな」

意次はため息が出た。

老中にとって御三家は、他の大名家とさして変わりはない。だが御三卿となると、幕政にいつどんな口を挟まれるかと、常に構えておらねばならぬ先だった。

しかもそれが同じ城内で暮らしている。御控えというだけでも煩わしいのに、今や一橋は将軍家だ。そして白河侯はその一橋の一声で、いつでも田安卿になることができる。いや、陸奥白河藩が田安家に座るといってもいい。

どうせ一橋は、自らが将軍家になれば田安を鬱陶しいと思うようになる。そんなことは決まりきっているが、実際に将軍を始めてからでなければ分からぬだろう。

康福も情けなさそうな笑みを浮かべた。

「白河侯が溜之間詰を願われてな、意次殿にしきりと付け届けをしておられたろう」

「ああ。浅間山の山焼けがあった時分にな」

あの年、東北の蔵はどこも米がなく、意次は怒り狂っていた。

康福は胡座を組んだ腿に肘をついた。

「意次殿に詰之間の格上げを願ってひたすら付け届けを繰り返した、金銀賄賂を贈り、意次殿からは卑しい士だと長く莫迦にされておったとな」

意次は首をかしげた。

「誰がそのように申しておる」

「だから言うたであろう。白河侯が上様に、つまり一橋卿に書付を出された。その中に自らそう書いておられる」

「まさか当の本人が、私に賄賂を贈ったと書いておるのか」

忠友も困惑の顔でうなずいた。

「白河侯は、あまりに意次様が政を私なさるゆえ、義憤にかられて一度ならず二度までも、懐に刀を隠して刺そうと様子を窺っておられたとやら」

「まことか！」

ついに意次は噴き出してしまった。

「いやしかし、そのような気配を感じたことはなかったな。なんと、これは私も耄碌したと言われても仕方あるまいの」

「よう笑うておいでですなあ」

意次はあわてて頬を引き締めた。そんな恨みを文にして残し、しかもいつ袂を分かつとも知れぬ一橋卿に渡すとは、白河侯とは意外に底が浅い。

「そのようなことまでせずとも、いずれ白河侯は幕閣に上り詰めるであろうに」

なにも急いで治済に取り入ることはない。

どのみち治済には幕閣として働けるほど智恵のある配下もいない。もともと家士自体が将軍家から分けられたものだ。

「面白がっておられるときではない。そのような書付が真顔でまかり通っておるのだぞ」

「ふむ。して、おぬしたちはなぜそれを知っておる」

ついに康福も噴き出した。

「賢明この上もない意見書だというので、治済公より御回覧にあずかった」

家斉の御座之間で、老中たちが順に読んだのだという。

「いやはや。今日、これほど面白い話が聞けるとは思わなかったぞ」

「ですから、そのようにふざけておられてはなりませぬ。意見書には様々な献策があり、治済様はつくづく感心しておられました。早晩、次の老中は白河侯ですぞ」

少なくとも意次が罷免されたことで、老中席は一つ空いている。

「ふむ。白河侯が、田沼憎しで全て逆を行くという士でなければよいがなあ」

今となっては意次にはそのぐらいしか願うこともない。

「淡い夢想はせぬほうがよい。意次殿のことは盗賊同然などと申しておった。そもそも上様への意見書に、堂々と賄を贈ったなどと書く男だぞ」

白河侯は三十だから、血気に逸るというほど若いわけではない。だとすれば生来の生一本だろう。

「その折、忠友殿と儂は治済様から直々に言われたわ。これからは家斉様の御代、そなたらも身の処し方をここらで考えたほうがよいとな」

「ふむ」

やはり家斉の周囲で一番のたぬきといえば治済だろう。それが分かっていながら、今や意次にはどうすることもできない。

まだ意次には口惜しいという思いが少しはある。だが己は引き際だけは見誤りたくない。意次は六百石だけ持って生まれたのだ。七十年近くを思う存分に生きて、他に何を残したいものがあろう。

忠友が腕組みをした。

「どうも治済様は御家門での政を望んでおられるようでございます。意次様が老中罷免となられる少し前にも、それがしと康福様、大老の井伊様が御三家の皆様方に呼びつけられました」

御三家も御三卿も、そもそもは老中支配だ。だが将軍が老中よりも身内を重んじるとなれば、その力加減は入れ替わる。

「もとは我ら幕閣が御身内を遠ざけるようにしてきたからな」

「左様に存じます。政を私させぬために遠ざけたつもりが……」

「政を私しおったと言われて老中罷免か」

わっと意次は笑い声を上げた。

「いや。そなたらには笑うておる場合ではなかった。許されよ」

あわてて口を閉じた。

「意次殿。儂はな、もう御役御免を願い出ると決めた。それゆえ好きにさせてもらう」

「いや、それはならぬ。前にも申したではないか」

もう二度と会えぬと思って別れたのだ。それがまたこうして語り合うことができただけで意次には十分だ。

「御三家の方々に呼び出されたとき、治済様は田沼の政を一掃せよと仰せになったのじゃ。そうとなれば儂は、そなたの下で老中首座を務めておったのだからな」

康福はくすりと笑った。下で老中首座などと言ったからだろう。

「しかしあの夏の日から、まだほんの五ヶ月か」

「そうだな。もう二人とは生涯会えぬと思うていたが、半年も経たずに会えるとは」

意次が笑うと、忠友も穏やかにうなずいた。

「それが五日後にはまた会えるというのですから」

「ああ、まことに。生きておると何があるか分からぬものじゃ」

次の正月、意次は家斉に拝謁を賜ることになっている。そのときどういうわけか、康福と忠友も同座するようにと達があった。

「上様としては、年来の老中たちを労ってやろうとの思し召しかもしれませせぬな」

意次のせいで二人に田沼派という色が付くのは申し訳ないことだ。だが今さら意次に何ができるだろう。

「意次様。それがしはもう、ほとほと弱っております。八重に泣かれて泣かれて、精も根も尽き果てました。離縁ならばいっそ、八重を出して意正を置いておけなかったかと愚にも付かぬことを考えたほどで」

「なんとなあ。つくづく八重殿は田沼家には過ぎた嫁だった」

意正は男子を連れて田沼家に戻り、母方の田代姓を名乗っている。いっぽうの八重には遠縁にあたる水野家から新しく婿が来た。

「八重殿のことを思うだけでも、忠友は今さら引き返せぬぞ。決して田沼派などと一括りにされるな」

「ならば意次様こそ、いつまでそれがしに指図なさるおつもりでございます」

「おう、その意気じゃ。私はもはや御老中にあれこれ言える身ではなかったの」

つい意次は茶化してしまう。これほど陽気になるのは、やはり実は平静ではないからだろう。早く意次自らが、今の己に慣れることだ。

「私のことは案じてくれるな。百姓も町人も札差どももも私を憎んでおるとは、それこそ私が一切の贔屓なく、皆に税を課した証ではないか」

意次には確信がある。五十年後か百年後か、意次のやりかけたことはいつか必ず実を結ぶ。蝦夷地の開発も印旛沼、手賀沼の干拓も、貸金会所も南鐐二朱銀も――

そのとき意次はこの世にはいない。だが己のしようとしたことは間違っていない。その未来が意次にははっきりと見える。

だから罵られ、禄を奪われても意次はへこたれるまい。意次はまたうどだ。

「では私はそろそろ帰らせてもらう。元旦には二人とも、私がどのような目に遭うても気遣ってくれるなよ。老中得意の、何も目に映っておらぬが如き顔でな」

よせというのに、二人は意次が駕籠に乗るまで送って来た。

角を曲がるとき窓から見ると、二人はまだ頭を下げていた。


天明七年（一七八七）元旦、意次は六つ半に登城した。昨年のこの日は蝕があり、諸侯が下城し始めていた刻限だった。

御座之間、白書院大広間でまず御三卿が年始の御礼をする。続けて御三家と加賀前田家が御礼をして将軍に太刀目録を献上する。目録の披露は老中の御役だから、昨年のこのとき、意次はそれを読み上げた。

それから盃事をして、御連枝、溜詰にも同じことがある。それが済むと将軍は下段に下り、二之間から四之間で待つ諸侯が拝謁をたまわる。

諸侯は三人ずつ将軍の前まで進むことができるが、その最後が意次と康福、忠友だった。諸侯はすでに退出し、家斉のそばには番頭衆や小姓、大目付だけがいた。

治済の姿はなかった。

意次たちは静かに家斉の前まで進み、手をついた。

「意次、久しぶりではないか」

家斉が屈託もなく口を開いた。年始御礼の場では異例のことだった。

「上様。本日は拝謁を賜り、恐悦至極に存じ奉ります」

「いや、私はまだそのような身ではない」

意次が面を上げると、家斉が微笑んでいた。

家斉の将軍宣下はこの四月と決まっている。だから今、厳密にはこの世に将軍はいない。代替わりの狭間は常にそうなるが、家重や家治のときよりも家斉はそれが長かった。

「それゆえ意次には折り入って尋ねたいことがある」

意次は内心、感心していた。称上様《しょううえさま》のあいだは定まった礼式はなく、このような場で話しかけることもできる。

「そなたは家治公の御養君御用係を務めた。ならば私を世子に推挙してくれたのは意次だろう」

「滅相もない。家治様がお決めあそばした御事にございます」

家斉は微笑んでうなずいた。

「私を世子にするために、わが父上が家基様を暗殺なさったと噂があるな」

家斉の声は澄んでいた。

互いに隣り合って座ってはいない番頭衆が、それぞれぴくりと耳や目を動かしたのは気配で分かる。

意次は朗らかに笑みを浮かべた。

「まさか。昔も今も、そのような風聞は一切ございませぬ」

傍らに座る康福と忠友が、この場にいる誰より身をこわばらせている。当時の老中御用部屋では、一度ならずその話が出たことがあった。

「まことか、意次」

「畏れ多くも上様に偽りを申す臣下などがありましょうか」

ふむ、と家斉が小さく首をかしげた。

「ならば私の耳に入ったのはなにゆえだ。そのような疑いのあった私が、なにゆえ世子になった。そして聞いてしまったからには、聞き流すことはできぬ。私はどう考えたらよい、意次」

「されば、理屈を少々申し上げても宜しゅうございますか」

「ああ、是非にも」

「上様までの十代、将軍を弑《しい》し奉らんと考えた輩もおったかもしれませぬ。ですが決してそれができぬ仕組みが幕府でございます。神君家康公が創られた仕組みゆえ、十代にわたって誰一人、そこにかすり傷一つ負わせられませんでした。たとえ一橋卿ほどの御方が幾人の手下を持っておられようと、それればかりはおできになりませぬ」

「まことであろうか、意次」

意次は笑ってうなずく。まだ少年のような家斉はわずかに頰を輝かせた。

「一橋卿は、そのようなことをするまでもなく豊千代君が御運を開いてゆかれることを初めから分かっておられたと存じます。誰より確信しておられた一橋卿だけは、決してそのようなことはなさいませぬ」

家斉は気恥ずかしげに目を伏せた。

「また、家基様ほどの御方が、そのような邪な思いにお鰓れになるはずはございませぬ。家基様は家治様をお支えする継嗣の生涯を全うされ、天命によって旅立たれました」

「家基様は天命だったか」

「左様にございます」

「意次……」

意次は手をついた。

「私はそなたを、老中に留めておくべきではないのか」

寸の間、意次は手を伸ばしかけた。だがすぐその幻は消えた。

意次は一つ息を吸って顔を上げた。

「その昔、家重公が仰せあそばしたことがございます。先代様の御改革が終わったと思うならば、次は己の改革を始めねばならぬ、と」

「九代様が」

意次はうなずいた。

「それがしは家治様の下で思う存分、働かせていただきました。まことに、忝うございました」

意次たちは揃って御前を退出した。

大広間を出たところで治済が待ち構えていた。老中の康福と忠友はそのまま黙礼をしたが、意次だけはその場にうずくまって手をついた。

「儂に恩を売ったつもりか」

意次は応えずに頭を下げたままでいた。

「九代様は口がおききになれなかったのじゃ。それが、何を仰せになっただと？　やはりそなたは偽りを申しておる」

康福と忠友に何も言い返すなと必死で念を送っていた。早く、意次だけがここから去ることだ。

意次はさらに深く礼をして、背を向けぬようにして立ち上がった。

「そなたに恩義を感じるなど無用じゃ。家斉には儂を一日も早う大御所にさせる」

治済が言い切るのを待って、意次は一人で去った。誰の顔を見ることもしなかった。

三

天明七年（一七八七）四月、家斉に将軍宣下があった。父の一橋治済は十代家治の従弟で、八代吉宗の孫にあたる。一橋卿を継ぐはずだった家斉は、十五歳で十一代将軍に就いた。

五月に入ると各地で示し合わせたように打ち毀しが始まった。九州、四国から山陰山陽、大坂市中を含む畿内に東海、北陸、関東、東北と、米蔵の建つ場所は片端から襲撃された。

その騒ぎはすぐ江戸にも伝わり、米屋は一軒残らず、少し富貴な商店は軒並み打ち毀しに遭った。

蠣殻町にある意次の下屋敷でもその喧騒は聞こえていた。日が昇ってしばらくすると、風に乗って板戸の裂ける音が響く。祭りのような歓声が上がり、それが一刻ほどで止む。夕刻にはひっそりと静まって、次は翌朝という繰り返しが三日も続いている。

京橋辺りの店はどこも真っ先に打ち毀しに遭い、蠣殻町では音も近かった。夕刻には意次はぼんやりと縁側に座って、雨でも降らぬものかと考えていた。

「皆、日が落ちれば家へ寝に帰っておるのだろう。二、三日雨が続けば、集まらぬようになるだろうにな」

傍らの綾音にそう言った。

もともとこの打ち毀しは昨年の大雨が引き金だったかもしれない。浅間山の灰のせいで川はすぐ溢れ、ぶちまけられた泥水は田畠を荒らした。稲も青菜も何一つ育たず、米の値はたちまち吊り上がった。

幕府には去年の秋にやっておかなければならぬことが山とあった。だが意次は罷免のうえ謹慎で政に関わることはできず、治済たちも意次を追い落とすのに懸命だった。

何もせぬ幕府の下で商人は揃って米を買い占め、売り惜しみ、米の高騰に拍車をかけた。

白河侯は、どうするだろう――

政を動かすのに、まず味方につけねばならぬのは大奥だ。大奥がどれほど粘り着いてくるか、田安家の生まれの白河侯に想像がつくだろうか。

賄賂を渡したと平然と書いた士だ。自らが白河へやられたのは一橋家が突出するためだと囁かれてもいたのに、当の一橋卿にあっさり近づくという、裏も表もなければ脇も正面もない心太《ところてん》。その心太が贅沢に着飾って暮らすことしか考えておらぬ大奥に、白河で倹約を強いてきた己の姿を隠すことができるだろうか。

「白河侯はな、さきの飢饉では領内の庄屋たちに米の寄付を持ちかけて、見事、飢え死にを出されなかったというぞ」

咄嗟の工夫もさることながら、もとから民に慕われていたからできたのだろう。

同じようなことを意次もやったが、こちらは全く上手くいかなかった。大店から御用金を集めようとしてしくじり、かわりに貸金会所を作ることにした。あれは五年後には利子をつけて返すと言ったが、結局は意次に信用がなかったのだろう。

「ではわたくしたちは白河侯が上様の補佐をなさるのを楽しみに待てばよろしいんですの」

「そうだな。見渡すところ、他に有為の士はおらぬ」

民を食わせるのに、意次は蝦夷と新田開発と貸金会所の他には何も思いつかなかった。その全ての道を閉ざしたからには、白河侯には何か別の工夫があるのだろう。

「私はこれからは相良のことだけを考えればよい。白河侯とは逆になった」

「では白河侯が御老中になられますの」

ている。

「忠友様たちはどうなるのでしょう」

それは意次には分からない。御用取次の稲葉正明は意次に近かったというだけで罷免になっ
ている。

蝦夷の見分隊は残らず召し放ちになったし、勘定方でも奉行の十郎兵衛は小普請組に入れら
れ、その配下の宗次郎は過酷な調べが続いた挙げ句に逐電《ちくてん》したという。

「綾音」

「はい」

「相良は転封になるかもしれぬ。綾音にはあの町を見せてやりたかったがな」

相良には堅固な三重櫓を持つ城がある。大手筋は街道に繋げ、商いを呼び込む造りにしたか
ら、城下はこれからも寂れることはない。ゆえに新しい幕閣は、田沼家には過ぎた町だと考え
るだろう。

だが幕府のためにあの城と町を残すことができて意次は満足だ。もとから相良自体が将軍家
からの預かり物だから、次の藩主がそれをさらに大きくしてくれれば意次には気がかりもない。

「いっそ、蝦夷に転封になれば宜しゅうございますね」

「蝦夷か」

「はい。わたくしは相良よりも蝦夷へ行ってみたいですわ」

「きっと一冬で尻尾を巻くぞ」

意次は微笑んだ。

なんとしても蝦夷だけは続けさせてやりたかった。意知が生きていれば、蝦夷はやり遂げるように言うつもりだった。意知ならば決して投げ出さなかったはずだ。

「どうも歳を取ったな。詮の無いことばかり思い出す」

「ですが、歳を取ると若い者に道を譲ることはできぬと申しますもの。そうなられる前に身を退かれることになって、かえって良かったと思いますよ」

「そうかもしれんな。白河侯があれこれ気に掛かるのも、こちらが老けたゆえか」

意次は三十年も老中としてやってきた。これから幕閣に加わろうという若者に不足を感じぬはずがない。それを観念して任せきるのが、引き際を誤らぬということなのだろう。

「白河侯は今年、三十とな。私が家重公に老中格にしていただいたときに生まれたのだな」

郡上一揆の評定に加えるために、家重は意次をいっきに大名にした。あんなやり方があると、家重のほかに誰が考えついたろう。

意次はため息を吐いた。意次にはあの日々があったではないか。

「私はこの世に生まれて、会わねばならぬ御方には会うたな」

その相手に意次はまたうどと呼ばれたではないか。それのほかに、意次にどんな欲しい物があるものか。

綾音がそっと笑いかけてきた。

「殿の会わねばならぬ御方。その中にはわたくしも入っておりますかしら」

くすりと意次も笑ってうなずいた。

「そうだな。綾音もべつに相良の城になど住めずともかまわぬか」

「ええ。殿が六百石に戻られたら、それはそれできっと愉しゅうございますよ。六百石には六百石の暮らしがございますもの」

意次は懐に手を当てた。己には綾音も、またうどの文字もある。

――父上には失ったものなど何もございませぬぞ。

意知がすぐそばで笑いかけてきた。


六月、白河侯が老中に加えられると、首座は康福から白河侯に変わった。老中は総勢七人になったが、井伊がちかぢか大老を辞すといわれていた。寺社奉行から新しく老中に加わった阿部正倫《まさとも》は意次とはほとんど関わりがなく、康福と忠友はどうしても田沼派と目されていた。

前月、江戸で千軒もの米屋が四日にもわたって襲撃されたが、幕府ではあっさりと意次への民の怒りだと片付けられた。幕府は米の買い占めを禁じ、白河侯が諸国に江戸廻米を命じた。

これから正しい政が始まれば米の値も下がる。このまま民も鎮まるだろうと白河侯が言って、康福たちは肩身の狭い思いをした。

そうして十月、意次の甥、意致が老中から呼び出しを受けた。

意致は長く一橋家の家老を務めていた。それが家斉が将軍家へ入ることになり、そのまま家斉付きの御用取次に任じられていたが、江戸で四日にわたる打ち毀しが起こったとき罷免されたのだ。

黒書院間には老中が六人とも勢揃いしていたという。下城して意次へ伝達に来た意致の顔はまだこわばっていた。

綾音が傍らで白湯を注いで意致に渡してやった。

「ああ伯母上、忝うございます。伯父上にまず御安堵いただきたいのは、親類、懇意の者には一切構いなしと格別に仰せいただいたことでございます」

言い終わると意致は一息に白湯を飲み干した。

意次は鷹揚に笑って胡座を組んだ。

「開口一番そのように申すからには、私は切腹を仰せつかったわけではないようじゃ。ならば何も案ずるには及ばぬぞ」

「はあ……」

意致は情けなさそうな、ため息ともつかぬ声を漏らした。

「伯父上の三万七千石のうち、二万七千石を召し上げにございます。相良城も没収、伯父上には隠居とともに下屋敷での蟄居を申しつけるとの仰せにございました」

「私に隠居せよとな」

老中を務めていたとき五万七千石だった家禄は、先達て三万七千石になっていた。それがついに一万石だ。

「格別の思し召しにより、龍助へ一万石の家督相続はお許しあると」

意次と綾音は顔を見合わせた。ついどちらからともなく笑いがこみ上げた。

「なんと情け容赦ない仕打ちじゃ。これまで贅沢三昧に暮らしてまいった私に、一万石の無城の藩主になれと仰せか」

「はあ。しかし伯父上も伯母上もなにゆえそのように笑うておられるのです。それがしなど悔しゅうて、下を向いておると涙がこぼれます」

「そなたは物心ついた時分には何不自由ない暮らしをしておったゆえ、そのように尾羽打ちからしておるのよ。親から大きな家など貰うてみよ、喪うてはえらいことじゃと恐ろしゅうなって、思うままに生きることなどできぬぞ。幸いではないか」

「本心そう思うておられるのが、伯父上と我らの器の違うところでございましょうなあ。ともかく御老中様がたより、この申渡状を預かってまいりました」

そう言って意致は奉書を差し出した。


意次儀、御先々代お取り立ての儀につき、御先代にもご宥恕《ゆうじょ》の御旨これあり候につき、その方へ家督として一万石下しおかれ、遠州相良城召し上げられ候――

終わりまで読んで意次は目を見開いた。家重が引き立て、家治も寛大な処分を望んでいたと書いてある。

「そなた、これを早く見せぬか。なんと果報なことか」

「は？　この申渡状は老中、牧野貞長様がお読み上げになりました。主だった幕吏どもが残らず集められておりましたゆえ、伯父上は面目丸つぶれにございます」

「それは真か。いやはや、白河侯はようやってくだされた。わざわざ私が家重公、家治公に信を賜っておったと知らしめてくださるとは思いもかけなかったぞ」

さすが、己が賄を渡していたとわざわざ書くだけのことはある。しかし何が相手を利するかも分からずに、老中首座が務まるのだろうか。

いやいや、と意次は首を振った。これが年寄りが引き際を見誤る因なのだ。

「有難いことじゃ。これで田沼が蟄居を命じられたと書付が残るかぎり、家重公、家治公の信が篤かったことも後の世に伝わるではないか」

「本当に。二万七千石など安いものでございますね」

「おお、さすがは綾音。よくぞ申した」

意致だけが渋面になっていた。

「しかし、でございますぞ。相良はいったん没収となり、改めて陸奥と越後に合わせて一万石を賜る由。陸奥国信夫《しのぶ》郡に陣屋を建てよとの仰せにございますが」

「ふむ。彼の地ならば、実高はとても一万なかろうな」

「左様にございます」

信夫郡といえば白河藩にもほど近い。

だがこの奉書のことを家士に聞かせてやれば、こちらが恨みに思うことはないだろう。白河侯の打つ手は実は意次を利することばかりだ。なにより意次自身を鼓舞してくれる。

「よし」

意次は勢いよく立ち上がった。家重や家治の名まで出しているのだ。これで田沼家への処分も終いだろう。

「意致、足労をかけた。長々と居っては何ぞ噂が立ってそなたも面白うなかろう。もう帰れ」

「はあ」

「これでようやく禄高も決まったゆえな。私はやることがある」

軽く手のひらを振ってやると、意致も立ち上がった。

「では又の日まで。どうか呉々《くれぐれ》もお力落としなさいませぬように」

「ああ、案ずるな。そなたこそ挫けるのではないぞ」

意致の肩を軽く叩き、意次は先に背を向けた。

師走も半ば、伊織の用部屋は紙の山で溢れ返っていた。

「殿、どこにお座りいただいても結構ですが、決して紙には触れぬようにしてくだされ」

障子を開けた途端、伊織が背を向けたままで言った。

「分かっておる。いいからそなたも少しは休め。私が参ったのじゃ、筆を置かぬか」

はあ、と伊織は生返事をよこした。

田沼家の新しい領国は実高五千石ほどで、これまでのように大勢の家臣を抱えていることはできなくなった。新藩主の龍助はまだ十五歳だから、すべては意次がやらねばならない。その最後は家臣を削ることで、伊織はここ五日、それにかかりきりだった。

意次は老中としてずっと在府だったから、ほとんどの家臣は江戸に置いていた。相良には伊織に任せた三が一ほどが留まっていたが、それらも春になれば江戸を通らずに新しい領国へ旅立って行く。

誰を残し、誰に暇を出すか、意次にはとても決めることができなかった。家士の陪臣には意次も顔を知らぬ者がいるし、そのそれぞれにどんな事情があるかまで汲むことはできない。だから意次は、残す者を家臣たちに選ばせることにした。

田沼家には家老、中老、用人と、十八人の重臣がいる。おおよそ六万石から一万石に減封と考えればこれを三人に減らさねばならない勘定だが、意次は家老は二人、用人を三人残すことにした。となれば次は、誰をそれにするかである。

意次は平士の物頭や小姓たちにも記名として、希望する家老と用人の名を列挙させることにした。伊織は今その紙を一枚ずつ開いて、名の挙がった者を写している最中だ。

むろん伊織の名はそこにはない。このやり方で重臣を選ぶと決めたとき、数える者の名ははじめから書いてはならぬこととした。選に漏れると決まっているにも拘らず、伊織は自らその役を買って出た。

「殿がとつぜん言い出されましたゆえ、思いのほか、人の名が割れませぬ。ゆえにそれがしも大した手間ではございませぬ」

伊織はようやく筆を置いてこちらを向いた。

こんなものは前々から選をかけると言えばつまらぬ札集めが起こるものだ。今日決めて明日行うというのでなければ、やる意味がない。

「伊織が己を捨てて取りまとめを申し出てくれたゆえじゃ。私がやらねばならぬと思うておった」

「殿がなさるならば、結局は殿が選ばれたのと同じことでございます。真はそれでよいと存じますが」

「私もじき七十じゃ。私に選ばれたとなれば、後々その者もやりにくうなるかもしれぬ」

伊織は淋しげなため息を吐いた。本来そこまで意次が身を退くことはない。

「その代わりと申し上げるのも畏れ多うございますが、それがしは死ぬまで殿のおそばに置いていただきますぞ」

「ああ。頼む」

小さくにこりとして、伊織はまた筆を執った。

「せめて、そなたの子が選ばれてくれぬものかのう」

「どうやらご心配には及びませぬ。用人の一人に滑り込めそうでございます」

「おお、そうか」

意次は思わず膝を打った。

伊織には娘が三人ある。どれも旗本に嫁していたが、残らず離縁を申し渡されて戻っている。今はどこも意次との関わりを消そうと躍起なのだ。白河侯が書付であからさまに意次を悪人とし、政を歪めてきたのは意次だと断じた。そうなれば意次に縁があるということは、その悪事の片棒を担いできたと世間から見なされることでもあった。

「殿。それがしにはお気遣いは無用でございますぞ。皆これまで、殿の御名でどれほど得をしてまいりましたことか。それがしの娘とて同じでございます。もとは水呑百姓の流れ者を父としたのでございます。だというのに広大な屋敷に暮らし、奥方様などと呼ばれて、子らにも望むままに手習いも稽古事もさせてやりました。己に才覚があれば、そこから身を起こすには十分でございます」

意次はうつむいた。もう考えても仕方のないことだ。

「五人が決まれば、その者らに残る者は選ばせればよい」

「はい。して、出さねばならぬ者には如何いたします」

それはもう意次は考えてあった。

田沼家には譜代の家臣はいない。それでも長く仕えた者は禄が減っても残る者と、新たな仕官先を探す者に分かれるだろう。直臣で三百家近くは去らせることになるだろうか。

「一家、二百両」

「は?」

「去る者には一律二百両を取らせる」

今でも田沼家には相良に置いた一万両のほかに七万両ほどがある。相良の一万両はそのままにするとして、三百家なら渡すことができる。

「田沼で甘い汁を吸っておったと言われ、なかなか新しい仕官先も見つからぬであろう。当家に残る者にはひもじい思いもさせるが、これは私の望み通りにさせてもらう」

伊織はしばらく黙っていたが、かしこまりましたと小さくうなずいた。

「皆に何と言葉をかけてやればよいかのう」

「何も仰せにならずともよいのではございませんか。殿がいわれもない仕打ちを受けておられることは、誰よりも家中の者がよう分かっておりますゆえ」

さすがにここまでになって、意次は皆にどう言っていいか分からなかった。己は満足して笑い飛ばせるといっても、やはり家士や縁者が巻き込まれるのは辛い。

「家治公の一周忌の後すぐに、迷惑をかけたと仰せになったではございませんか。あれで十分でございます」

家治の薨去からまだ一年ほどだ。多難の天明七年がようやく暮れる。

「皆、泣いておりましたな。互いになんと言うてよいか分からぬ主従というのも、我らには似合いかもしれませぬ」

意次はさすがに眩暈がする。もうすぐまた新しい年が始まるのだ。

「殿。お顔の色が優れませせぬぞ。こちらは手伝っていただくわけにはまいりませせぬ。お休みになってくださいませ」

「そうだな。伊織も無理をするな」

「畏まってございます」

伊織は軽く頭を下げるとまた文机に向き直った。


「おお、千賀《ちか》ではないか。息災にしておったか」

その明くる日、意次の娘、千賀がやって来た。だが駕籠を降りたときから泣き顔で、綾音に寄りかかるようにして座敷へ入って来た。

さすがに綾音もどうしてよいか分からぬようで、早くなんとかせよと意次に顎をしゃくっていた。

相良の城が破却されることに決まり、それを千賀の夫が命じられたのだ。相良城には幕府の守りとなるように堅固な三重櫓の天守を建てさせていた。それが意次が富を誇ったものとされ、取り壊しが決まったのである。

老中首座となった白河侯の処断は、世の不満を田沼へ向けさせているのが明白で、相良城の破却ほどそれが分かり易いものもなかった。

だが意次にはそれが見透かせても、女たちにはただ執拗な厭がらせにしか思えなかった。

「そなたにも忠移殿にも肩身の狭い思いをさせてすまぬことじゃ。だがそう泣かんでくれんかの」

千賀の夫は遠江横須賀藩の藩主、西尾忠移である。意次の知音《ちいん》にはかまいなしと達があったから離縁にならずに済んだが、返されていてもおかしくはなかった。

「そなたも早う諦めることじゃ。私にはもうどうしてやることもできぬゆえ」

「私も殿も、肩身が狭いなどと思うてはおりませぬ。わが殿からは、父上にくれぐれもお詫び申し上げるように言われて出て参りました。よりにもよって当家に相良城破却をお命じになるとは、あまりな仕打ちにございます」

駕籠の中でそう考えていると涙が止まらなくなったのだという。

「千賀様、此度のお役目、田沼では喜んでいたのですよ。これで忠移様も当家との関わりを取り沙汰されずに済みますもの。先様では厭がらせのおつもりでも、こちらにとっては本当に良いことでした。これこそ家中皆で堅牢な城を建てておいた甲斐があったというものですよ」

「母上様はそのように言うてくださいますが、さすがに口惜しゅうてなりませぬ」

「千賀……」

意次はしばらく千賀が泣き止むのを待っていた。

「忠移殿は徹底的に破却せよと命じられておられるか」

「はい。もはや私怨にございます。いずれあの城が褒めそやされるのが分かっておるゆえ、癪に障るのでございましょう。父上も母上も、手を触れてもおられませぬのに。襖も畳も戸板も、何もかも勿体ないことでございます」

「おお、さすがは私の娘だ。よう分かっておるではないか」

「父上、おふざけになるのはおよしくださいませ」

千賀は眉間に皺を寄せて首を振る。

意次は苦笑して、皺が寄っておるぞと言って己の額を指でなぞってみせた。

「それゆえ忠移殿にな、巧く潰せと言うてくれ」

「は？」

「廃材の類いをな、城下の者に好きなように取って行かせよ」

これは意次が城下の者にしてやれる最後のことだ。

「父上はまた何を仰せなのでございますか」

「城を潰してな、そこに貧しい者らが集って片端から奪い合って行ったと知れば、さぞや白河侯は溜飲を下げるではないか。田沼の城になにより相応しい終焉じゃとな」

だが障子の桟一本でも民の暮らしには役に立つだろう。西尾家では片付ける手間も省ける上に、田沼を汚す仕打ちをしたとして褒められるかもしれない。

みるみる千賀は目を輝かせた。

「どうだ、私の言っておることが分かったか」

千賀は綾音と顔を見合わせてうなずいた。

「ならば当家が破却を承ったことは、父上には益となるのでございますね」

「ああ、左様じゃ。忠移殿に、くれぐれも意次がよろしく頼んでおったと申すのじゃぞ」

「畏まりました」

「分かったならば早う帰れ。誰に何を言われるか分からぬからな」

うなずくとすぐ千賀は立ち上がった。もう顔は明るく、意次はほっと綾音と顔を見合わせた。

天明八年（一七八八）のその日は蟬が鳴いていなかった。

じき八月か――

意次は久しぶりに目を覚ました。

「もう三日でございますよ」

目を開いた途端、枕辺から綾音の声がした。

厄介をかけるなあ、綾音――

そう言ったつもりだったが、声は出なかった。

今年三月、忠友は老中を罷免され、沼津藩二万五千石の主に戻っていた。翌四月には康福の罷免が続き、それでたぶん意次に関わる処断は全て終わった。

いっそ清々しい幕切れだと思っているとは、せめて綾音は信じてくれるだろうか。

だが人の一生など、思い残すことばかりだ。

蝦夷は無理だったとしても、印旛沼には綾音を連れて行ってやりたかった。鉢で届いた薔薇を、また屋敷を移らされれば事だと思い、ついに庭に植え替えなかった。結局もう屋敷替えはなかったから、あのとき思い切って植え替えておけばよかった。

「殿にはきっと、もう何も気がかりはおありになりませんでしょう。ですが、わたくしは一人になってしまうのでございますよ」

ああ、分かっている、綾音。綾音のことばかりは案じられてならぬ。私がおらぬようになれば、そなたは笑うて暮らしていかれるかな――

相良城が廃材の一本も残さず更地になったと伝えられてきたとき、御城から使いがあった。使者というのは足腰の丈夫そうな百姓で、胸の前で重そうな薔薇の鉢を抱えていた。

綾音が屋敷の庭へ通すと、男は朗らかに笑って鉢を置いた。

――前の御老中様にお見舞いのお品じゃとの仰せにございました。御老中様が御役御免になられた日に枝をお切りあそばしまして、殿が御自ら接ぎ木をしてお育てになってまいられました。

しゃがれ声を聞きつけて、意次も縁側まで出てみた。

――まあ。それで、そなたの殿様の御名はなんと仰せられるのです。

――清水重好公にあらせられます。たいそう御大切にしておられる花木ゆえ、いまだ誰ぞに分けて差し上げなさったことは一度もございません。

意次が死ねばもう屋敷替えもない。早く、その薔薇を地植えにしたい。

綾音は知っているか。あの薔薇は、家重様にゆかりの花だ。私をまたうどと言ってくだされた家重様の――

意次は引き際を誤らず、何一つ思い残さず、旅立つつもりだった。だが結局、この世にそんなことができる者はない。意次は綾音を残して行くことが一番の気がかりだ。

「殿。御耳はまだ聞こえておりますかしら。重好様にいただかれた薔薇は、わたくしが地植えにしてやりました。きっと秋にはまた美しい花を咲かせましょう」

そうか、植え替えてくれたか。ならば最後に、庭に出てみるか――

そのときふいに意次の手が温もった。綾音が握ってくれたのかもしれない。

「殿が思い残されるのはあの薔薇と、またうどの文字だけでございますね。ほら、ちゃんとここにございますよ」

綾音が意次の手に紙を握らせた。上から綾音が手を包んでくれたから、かすかに紙の手触りがする。

「案じられるには及びませぬ。あとでわたくしが必ず殿の懐に入れて差し上げますから」

やはり綾音だ。やはり私の心残りは、そなたを一人残して行くことだけだ。

「わたくしは本当に愉しゅうございました。殿は、いかがでございましたか」

意次は笑って一つ大きく息を吸った。

――了――

本書は書き下ろしです。

装丁　フィールドワーク（田中和枝）
装画　狩野典信「田沼意次領内遠望図」
協力　牧之原市史料館

**村木嵐**（むらき らん）

一九六七年、京都市生まれ。京都大学法学部卒業。会社勤務を経て、九五年より司馬遼太郎家の家事手伝いとなり、後に司馬夫人である福田みどり氏の個人秘書を務める。二〇一〇年、『マルガリータ』で第十七回松本清張賞受賞。二三年、『まいまいつぶろ』で第十三回本屋が選ぶ時代小説大賞、第十二回日本歴史時代作家協会賞作品賞を受賞。近著に『せきれいの詩』『にべ屋往来記』『阿茶』『まいまいつぶろ 御庭番耳目抄』などがある。

# またうど

２０２４年９月20日 第１刷発行

著者――村木 嵐
発行人――見城 徹
編集人――石原正康
編集者――壷井 円
発行所――株式会社 幻冬舎
〒151-0051 東京都渋谷区千駄ヶ谷4-9-7
電話 03（5411）6211（編集）
03（5411）6222（営業）
公式HP https://www.gentosha.co.jp/
印刷・製本所――中央精版印刷株式会社

検印廃止

万一、落丁乱丁のある場合は送料小社負担でお取替致します。小社宛にお送り下さい。本書の一部あるいは全部を無断で複写複製することは、法律で認められた場合を除き、著作権の侵害となります。定価はカバーに表示してあります。


ISBN978-4-344-04350-3 C0093

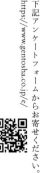